도서출판 득수의 『득수 읽다』 시리즈는 음악이 한 사람의 내면에 도달하는 순간, 그 파동이 어떻게 언어로 번역되는지를 묻습니다. 하나의 곡이 여러 개의 문장이 되고, 서로 다른 리듬이 이야기와 시가 되어 나오는 과정 자체가 이 시리즈의 출발점이었습니다.

2024년 『쇼팽을 읽다』는 서정과 균열의 감정을 불러냈고, 2025년 『베토벤을 읽다』는 인간의 고독과 의지, 격정의 서사를 각기 다른 언어로 호출했습니다. 같은 음악을 듣고도 전혀 다른 이야기가 태어났다는 사실은, 음악이 결코 하나의 의미로 수렴되지 않는다는 점을 분명히 보여주었습니다.

2026년 선택한 비발디의 〈사계〉는 누구에게나 익숙한 음악이고 '이미 아는 것'으로 지나쳐온 곡이기도 합니다. 그러나 다시 들어보면 이 곡은 단순한 계절의 묘사가 아니라, 시간의 순환 속에서 인간이 반복적으로 맞닥뜨리는 감정의 변화를 섬세하게 끌어올리고 있습니다. 시작과 끝이 분명해 보이지만, 실제로는 같은 계절이 결코 같은 모습으로 돌아오지 않는다는 사실을 〈사계〉는 끈질기게 연주합니다.

득수, 읽다

독자들은 이 책에서 소설가 네 명이 각자의 계절을 맡아 완성된 소설 4편과 사계절을 건너며 시를 쓴 세 명의 시인이 건져낸 12편의 시를 만나볼 수 있습니다. 같은 음악을 출발점으로 삼았지만, 각 작품은 서로 다른 시간과 감정의 결을 드러냅니다.

『시와 소설, 비발디로부터 – 비발디를 읽다』는 음악을 만나는 문학만의 방법입니다. 독자는 음악을 먼저 떠올리며 읽어도, 문장을 따라가다 음악에 도착해도 좋습니다. 어느 계절에서부터 읽든, 이 책을 덮고 난 후 독자의 감정 속에서 음악과 문학의 경계가 자연스럽게 허물어지기를 바라며 읽기 전과는 다른 파동이, 조금 더 넓고 깊게 남기를 기대합니다.

-2026년 봄, 도서출판 득수

비발디, 사제인가
작곡가인가

데이비드 헬프갓(David Helfgott 1947~)이라는 호주 출신의 피아니스트가 있다.

그의 이야기를 담은 영화 '샤인'(스콧 힉스 감독 1996년 작)의 마지막 장면에 비발디의 성악곡 〈세상에 참 평화 없어라(Nulla in Mundo pax sincera)〉가 울려 퍼진다. 이 곡을 들을 때마다 비발디의 천재성에 감탄한다. 그리고 비발디는 손해를 많이 보고 있다는 생각도 든다.

음악사학자들이 여러 지면에 비발디보다는 그와 동시대를 산 독일 작곡가 요한 제바스티안 바흐(Johann Sebastian Bach 1685~1750)와 게오르크 프리드리히 헨델 (Georg Friedrich Händel 1685~1759)을 더 많이 언급하기 때문이다.

비발디가 살았던 17세기 후반과 18세기 전기는 예술사조에 있어서 바로크 (Baroque) 시대라고 부른다. 바로크는 포르투갈어로 '일그러진 진주'라는 뜻인데 18세기 후반에 등장한 신고전주의(고대 그리스와 로마 문화에 대한 향수) 관점에서 이전 시대를 폄훼하는 말이었다.

바로크 예술은 화려함, 역동성, 극적인 표현, 웅장함 등을 특징으로 한다. 음악은 르네상스 시대(1450~1600)의 성악 중심에서 벗어나 기악이 크게 발전했다. 각 악기의 개량으로 협주곡도 발달한 시대였다. 그러므로 비발디가 협주곡을 중심으로 작곡 활동을 한 것은 우연이 아니다. 그리고 바흐는 그를 만난 적은 없지만 그의 협주곡들을 연구하고 편곡했다.

최정호(음악해설가)

안토니오 비발디(Antonio Vivaldi 1678~1741)는 산마르코 대성당의 바이올리니스트 조반니 비발디의 아들로 태어났다.

조반니의 자녀는 모두 아홉 명이었는데 안토니오가 맏이였다. 안토니오는 어릴 때부터 음악에 재능을 보여서 바이올린을 배웠다. 그러나 아홉 명의 자녀를 키우면서 힘들어하던 그의 아버지는 안토니오를 가톨릭교회의 사제가 되게 했다. 그는 수련 10년 만에 25세 되던 1703년에 사제 서품을 받았다.

하늘은 그를 좋은 성직자로 이끌었을까? 천식으로 늘 기침을 했던 그는 미사 집전에 어려움이 많았다. 성직에 열정을 보이지도 않았고 바이올린에 계속 심취했다. 그런 그에게 음악가로의 기회가 새롭게 다가왔다. 사제가 되던 그해 9월에 베네치아의 오스페달레 델라 피에타 음악원(Conservatorio dell'Ospedale della Pieta)의 바이올린 교사가 된 것이다. 그 대규모 고아 소녀들을 위한 학교에는 오케스트라와 합창단도 있었다. 비발디는 그 학교의 합주장, 합창장의 역할도 맡게 된다. 여전히 그는 사제였지만 음악교육에 혼신을 기울였다. 학교를 음악 명문 학교로 탈바꿈시킨 것이다. 비발디는 음악 교사 및 감독으로서 승승장구했고 위상도 높아졌다. 학교의 음악 수준이 매우 높아지고 유명해져서 덴마크의 국왕 프리데리크 4세가 학교를 방문해 학생들의 연주를 듣기도 했다.

1710년대에는 학생 연주자들과 합창단이 순회 연주를 다니며 명성을 더욱 높

비발디, 사제인가 작곡가인가

였다. 이 시절 비발디는 수많은 협주곡과 현악 중주곡들을 작곡했다. 1711년에는 암스테르담에서 그의 〈조화의 영감(L'estro Armonico Op.3)〉이 출판되었다. 이 걸작은 유럽 전역으로 퍼져나갔다. 1713년에는 자신의 첫 오페라 〈오토네(Ottone in villa)〉를 무대에 올렸다. 1714년에는 산탄젤로 극장(Teatro Sant'Angelo)의 운영책임자가 되었다. 비발디는 1703년부터 1733년까지 피에타 학교의 음악교육을 맡았다.

순회 연주 기간을 제외하고는 늘 베네치아에서 활동하던 그였지만 1718년부터 1725년까지는 베네치아를 떠나서 7년간 만토바의 궁정 악장으로 활동했다. 그동안 베네치아를 오가며 학교 일도 겸임했다. 이 시절에 비발디의 바이올린 협주곡 〈사계(Le quattro stagioni)〉가 작곡되었다. 1730년대 초반에는 빈, 프라하, 드레스덴 등지에서 활동했다.

오늘날 비발디는 협주곡을 다작한 작곡가로 인식된다. 그가 남긴 협주곡이 500곡이 넘기 때문이다. 그러나 당시에는 오페라 작곡가로도 유명했다. 바로크 시대에는 오페라가 대중적 예술로 확장되었고, 베네치아는 유럽 최초로 공공 오페라 극장이 생긴 도시였으므로 비발디가 오페라에 매진한 것은 자연스러운 일이다. 그의 오페라 중 악보로 현존하는 것은 51개나 된다. 다작이 칭송할 바 아니라 할지라도 평생을 거의 오페라만 작곡한 주세페 베르디(Giuseppe Verdi 1813~1901)가 26편의 오페라를 남긴 것과 비교하면 비발디가 남긴 오페라의 수는 놀랍다.

1733년에 비발디는 30년간 몸담았던 오스페달레 델라 피에타 음악원의 음악 교사직을 그만두고 산탄젤로 극장의 운영책임자를 다시 맡게 되면서 오페라 작업에 몰두한다. 그러나 59세가 되던 1737년부터 이듬해까지 오페라 투자와 흥행에 실패하면서 그는 곤경에 빠지고 쇠락하게 된다. 그는 재기를 위하여 그의 팬이었던 신성로마제국(962~1806)의 황제 카를 6세에게 도움을 청했다. 카를 6세는 비발디를 빈의 황실 음악가로 추대하고 그의 오페라들도 상연해주겠다며 빈으로 불렀다. 비발디가 빈에 도착했으나 황제 카를 6세는 1740년 10월 20일에 사망하고 말았다. 그후 오스트리아 왕위계승전쟁이 벌어지면서 빈은 혼란에 빠졌다. 비발디는 절망 속에 천식이 악화되어 이듬해 7월 하순 사망하고 빈에 매장(28일)됐다.

그의 생애에 1710년부터 1730년까지를 전성기로 볼 수 있다.

비발디는 800여 곡의 작품을 남겼다. 그의 작품 번호는 덴마크의 음악학자 피터 리옴(Peter Ryom)이 정리했기 때문에 RV(Ryom Verzeichnis) 번호로 표시된다. 비발디 음악의 특징은 규칙적이고 힘 있는 리듬, 빠른 템포, 뛰어난 멜로디, 효과적인 꾸밈음, 화려한 바이올린 기교, 듣기 쉬운 구조 등을 들 수 있다. 비발디의 역사적 가치는 독주 협주곡의 결정적 완성에 있다. 이것은 바흐, 모차르트, 베토벤, 브람스까지 전통이 이어진다. 뿐만 아니라 복잡한 바로크 스타일에서 벗어나 선명한 선율과 구조, 리듬으로써 고전주의의 토대를 마련한 것도 크나큰 업적이다.

'Spring' from The Four Seasons Op.8 No.1

'Summer' from The Four Seasons Op.8 No.2

'Autumn' from The Four Seasons Op.8 No.3

'Winter' from The Four Seasons Op.8 No.4

VIVALDI

'Spring' from The Four Seasons Op.8 No.1

QR코드를 스캔하시면
비발디 협주곡을 들을 수있습니다.

"

꽃 핀 들판 위로
나뭇잎과 풀잎의 속삭임이 들려오고
목동은 충실한 개와 함께 잠이 든다.

- '봄', 2악장에서 -

"

내 봄 어디 갔어

김서령

작은새언니는 여전히 전화를 받지 않았다. 벌써 2주째다. 미치지 않고서야 어떻게 이럴 수가 있지. 나는 분통이 터져 방문을 쾅 소리 나게 열고 나갔다. 엄마는 TV를 켜둔 채 자울자울 졸다가 문소리에 놀라 깬 듯했다. 마스크팩 아래 콧방울이 벌름벌름 움직였다.

"박수하, 얘 미쳤나 봐, 엄마."

"그게 누군데?"

"작은새언니 말이야!"

아, 엄마가 천천히 끄덕였다. 작은애 혹은 혜나 에미라고만 했지, 수하라고 부를 일이 없긴 했다. 그러고 보니 나도 큰새언니 이름이 뭐였지 싶다. 물론 지금은 큰새언니 이름 따위 중요한 일이 아니다. 일단 박수하와 통화를 해야 한다.

몸을 일으켰던 엄마가 마스크팩을 바로잡으며 도로 누웠다.

"걔 긁지 마, 지금은."

나도 안다. 새언니가 전화를 받지 않아 작은오빠에게 전화를 걸었을 때 다 들었다. 새언니가 이혼을 하잔다며 오빠는 거의 울다시피 했다. 나는 비교적 의리 있는 축이고, 오빠를 어느 정도는 사랑도 하기 때문에 평소였다면 밖으로 불러내 맥주라도 한잔 먹이며 마음을 달래주려 애썼을 테지만, 그날은 나대로 바빴다. 박수하, 나의 작은새언니가 내 차를 들고 튀었기 때문이었다.

다시 생각해도 분통이 터졌다. 정말이지 그건 내 차다. 아직 가져본 적은 없지만, 우리 집안의 유구한 전통에 따르자면 현재 그 차의 주인은 내가 되어야 마땅하다. 아버지가 만든 집안의 전통은 명쾌했다. 첫째, 이 동네에서 아버지보다 좋은 차를 타는 사람은 없어야 한다. 아파트 주차장을 돌다 아직 가죽 시트 비닐도 채 벗기지 않은 번쩍번쩍한 새 차를 마주하면 아버지는 곧장 배알이 꼴렸다. 바로 판매가를 검색했고, 아버지 찻값을 넘어선다 싶으면 그날로 딜러를 호출했다. 둘째는 새 차를 산 아버지의 헌 차를 물려받는 순서였다. 아버지가 타던 차는 큰오빠가 물려받았고 작은오빠는 큰오빠의 차를 물려받았다. 작은오빠의 차는 큰새언니가 물려받고 또 큰새언니의 차를 작은새언니가 물려받았다. 물론 작은새언니의 차는 내 차지가 되었다. 그래서 나는 대학생 시절부터 어울리지 않게 중후하고 낡은 차를 운전했다.

마지막 세 번째 전통은, 내가 타던 차를 판 돈은 도로 아버지에게 돌려주어야 한다는 것이었다. 얼마 전 아버지는 벤츠 S500 모델을 새로 샀다. 그러니 집안의 전통을 따라 작은새언니는 큰새언니의 2012년식 E300을 물려받고, 자신이 타던 2008년식 E200을 내게 내놓아야 했다. 하지만 작은새언니는 두 가지 모두 거부했다. 물려받지도, 물려주지도 않겠다고 선언한 것이었다.

"그건 좀 웃긴데? 부부가 일군 재산도 아니고, 아버지가 주신 차인데, 이혼한다고 해서 그걸 자기가 챙기겠다는 건 말이 안 되잖아."

준호가 말했다. 나는 차가운 라테를 빨대로 쪽쪽 빨며 끄덕였다.

"내 말이. 어이가 없어."

나는 스냅백을 눌러쓴 채로 잔뜩 토라진 척했다.

"돈 보고 결혼했어, 그분?"

동네 카페에는 사람들이 몇 없었지만 준호는 목소리를 낮추어 내게 물었다. 그런가? 새언니가 그런 사람이었나? 2주 혹은 3주에 한 번쯤 만나 같이 밥을 먹지만 나는 박수하가 어떤 사람인지 잘 모른다. 작은오빠는 승무원 유니폼을 반듯하게 차려입은 박수하에게 홀랑 반했고, 두 사람은 사귄 지 1년도 안 되어 결혼했다. 그리고 딸을 낳았다. 나는 고모답게 세 번째 조카에게 가끔 옷이나 장난감을 선물했고, 새언니는 올케답게 내 생일마다 립스틱이나 지갑 등을 선물했다. 나는 예의 바르게 고맙다는 인사를 건넸다.

"재산분할 문제로 피 터지게 싸우겠네."

"그런 건…… 아닐 거야."

내 대답에 준호가 동그래진 눈으로 나를 바라보았다. 잘은 모
르지만 그럴 일은 아니다. 어차피 작은오빠네가 사는 집은 아버
지가 사준 것이고, 오빠는 아버지 회사에서 일하는 월급쟁이일
뿐이다. 모아둔 돈이나 부동산, 주식 등이 있을 리가 없다. 모르
긴 몰라도 월급은 새언니가 오빠의 두 배쯤 될 것이다. 그러니
나눌 것도 애초 없겠지. 곰곰 생각하는 나를 보던 준호가 픕 웃
음을 터뜨렸다.

"이 순진한 아가씨 같으니라고. 니네 오빠가 사는 아파트, 그
게 얼만 줄이나 아세요? 그거 반만 받아도 니네 새언니는 팔자
펴는 거야."

아버지가 그들에게 집을 주긴 했지만, 명의까지 준 건 아니었
다. 하지만 그런 사실을 아직 준호에게 말할 필요는 없는 것 같
다. 우리 아버지는 죽기 전엔 자식들에게 신발 한 짝도 물려줄
사람이 아니라는 것도 굳이 말할 필요 없겠지. 차가운 커피를 다
시 한번 쪽 빨자 준호가 귀여워 못 견디겠다는 듯 내 얼굴을 손
가락 끝으로 매만졌다. 그래, 나는 지금 연애 중이다. 나도 준호
가 귀여워 견디질 못하겠다. 우리는 봄이 오면 결혼을 하기로 했
다. 아버지가 오빠 집 옆에다가 33평 아파트는 얻어 주겠지. 명
의까지는 안 주더라도.

"그나저나 니네 새언니랑 계속 연락이 안 되면 어쩌지? 우리 강화도 갈 때 어떡해?"

준호의 말에 나도 모르게 미간을 잔뜩 찌푸렸다. 정말이지 그게 문제다. 우리는 당장 이틀 후면 강화도 펜션으로 1박2일 음악 캠프를 떠나야 한다. 내가 타던 차는 얼마 전 퍼져버렸다. 애를 썼다면 이것저것 손을 대 한 달 정도 더 탈 수 있었겠지만, 아버지가 새 차를 산다는 소식에 낼름 폐차를 했던 거다. 게다가 준호는 내가 물려받을 차가 E200이라는 사실에 신나는 표정을 숨기지도 않았다. 한 번도 벤츠를 운전해 본 적이 없다며 발을 동동 굴렀다. 나는 준호에게 기꺼이 차 키를 내어줄 생각이었다. 그런데 이런 꼴이라니.

준호를 만난 건 여섯 달 전 아마추어 관현악단에서였다. 회사 생활은 별 재미가 없었다. 그렇다고 힘들게 입사한 백화점을 그만둘 생각을 할 만큼 나는 배짱이 있다거나 무모하지도 않았다. 퇴근 후 적당히 즐길 만한 취미 생활이 뭘까, 고민하는 나에게 입사 동기 하나가 슬쩍 귀띔했다.

"아마추어 관현악단. 해볼 만하지. 허우대 좋고, 사는 거 괜찮은 남자들이 숱하거든. 걔들은 술 담배도 안 해."

그럴듯한 소리 같았다. 나도 바이올린은 꽤 배웠다. 아버지는 음대를 졸업한 예쁘장한 양갓집 규수로 막내딸을 키우고 싶어 했으나, 실패했다. 정확히 말하자면 실패하기 전에 접었다. 도무지 재능이랄 게 보이지 않았으므로 더 이상 돈 들이는 일은 무의미하다고 생각했던 것이다. 나도 미련은 없었고, 아버지는 대신 바이올린을 전공한 큰며느리를 들였다. 이 정도 실력으로 관현악단 오디션을 통과할 수 있을까 걱정했지만 그날 오디션을 본 네 명 모두 합격 통지를 받았다. 그리고 새 멤버 환영식 날, 바지 주머니에 사원증 목걸이를 아무렇게나 쑤셔 넣은 준호를 만났다. 뽀얀 턱에 작고 동그란 재생 테이프 두 개가 붙어 있었다. 여드름을 짠 자리일까, 점을 뺀 자리일까? 어쨌거나 자기 관리를 말끔하게 잘하는 남자라는 건 틀림없었다. 주머니 속 사원증이 어느 회사 것일지 나는 궁금해 죽을 지경이었다. 2년째 관현악단 활동을 한 스물일곱 살 동갑내기 준호와 나는 세컨 바이올린 풀트 메이트가 되었고, 알고 보니 그는 은행원이었다. 우리는 시시할 만큼 금방 반했다.

아마추어 관현악단 멤버들은 대부분 선량했고, 백화점 입사 동기의 말마따나 막 자란 사람들은 없는 것 같았다. 한 달 앞으로 다가온 정기 공연 연주곡은 비발디의 〈사계〉였다. 〈사계〉라니, 겁먹은 나는 다리를 달달 떨었다. 정기 연습만으로는 도저히 따라가지 못할 것 같아 당근에 과외 공고를 냈고, 퇴근 후 음대생에게 한 시간씩 배웠다. 어리바리한 모습을 죽어도 준호에게 들키고 싶지는 않았다.

새언니의 메시지가 혹 오지 않았을까 휴대폰을 보다가 악장에게 딱 걸렸다. 당황한 나머지 휴대폰을 허벅지 아래에 넣어버렸다. 악장은 미간을 아주 살짝 찌푸렸는데, 나는 조금 억울한 나머지 "셀피 찍은 거 아니거든요!" 소리칠 뻔했다. 다른 관현악단에선 단원들이 연습 장면을 브이로그로 만들어 유튜브에 올리는 것도 적극 지원한다는데, 여기는 셀피 한 장 찍는 것도 눈치를 보아야 했다. 음대를 졸업한 뒤 로스쿨로 방향을 틀어 변호사가된 악장은 매사 투쟁하듯 임하는 사람이었다. 사람들은 지휘자보다 악장을 더 어려워했고, 그중 내가 제일 그랬다. 그건 어쩌면 준호 때문이었다. 악장은 유독 준호를 예뻐했다. 사람들은 악장이 이번 연주회 이후 준호를 퍼스트 바이올린 파트로 승격할 것이라 예상했다. 그럴 만도 했고, 악장도 사람들이 은근히 던지는 질문에 굳이 아니라 대답하지 않았으므로 준호는 이번 연주회 연습에 특히 공을 들였다.

"준호 씨가 퍼바 가면 유진 씨는 어떡해?"

지난 회식 자리에서 누군가 물었을 때 준호는 겸손하게 손사래를 쳤다.

"아직 퍼바는 무리죠. 그리고 혼자 어떻게 가요? 유진이 없이는 제가 편하지 않아서……."

오오, 맥주잔을 든 사람들이 환호했다. 멀찍이 앉았던 악장이 이쪽을 쳐다보고 있었다. 그는 웃지도, 뭐라 말을 섞지도 않았다. 하지만 이후 악장은 나를 고까워하는 내색을 숨기지도 않았다. 가장 예뻐했던 준호가 감히, 퍼바로 승격해 준다는데 제 풀트 메이트의 동반 승격을 요구한다고? 악장은 늙은 여우 같은 눈빛으로 나를 대했다. 나는 서른여덟 살이나 된, 고작 가정법원 앞 조그만 로펌 사무실의 이혼 전문 변호사가 나를 차갑게 대하는 통에 속이 느물거렸다. 주제도 모르고 정말.

허벅지 아래 놓인 휴대폰이 지르르 울린 건 1악장 알레그로 도입부를 세 번쯤 반복하고 있을 때였다. 바이올린 솔로가 트릴로 새소리를 내면, 나와 준호는 피치카토로 반짝거리는 시냇물 소리를 만들어야 했다. 오른손 검지로 현을 맑게 뜯는 피치카토는 아무리 연습해도 쉽지 않았다. 같은 보면대 앞, 준호는 아웃사이드에서 늘 그랬듯 자연스러웠고 나는 인사이드에서 준호의 오른팔 뒤에 숨어 겨우 현을 뜯었다. 허벅지 아래 휴대폰이 울리자 놀란 나머지 손가락 아래 현이 퍽, 하고 물에 젖은 나무토막 부러지는 소리를 냈다. 준호는 모른 척해주었으나 악장은 멀리서도 나를 쳐다보았다. 봄이 오면 하얀 드레스를 입고 준호와 결혼할 거야, 나는 애써 준호와의 아름다운 이중주를 상상하며 다시 집중해 보려 했지만 한 번 뭉개진 리듬은 돌아올 줄 몰랐다. 결국 손가락이 미끄러지며 D현을 지잉, 하고 그어버렸다. 망했다. 악장의 짧은 단발이 찰랑 흔들렸다. 더 볼 것도 없군, 그의 머리카락이 그런 목소리를 내는 것만 같았다.

박수하는 카페 창가 자리에 앉아 있었다. 짜증의 기색이 역력했다. 나도 똑같이 짜증을 버럭 내는 것이 효과적일까, 불쌍한

척을 하는 편이 나을까 고민하다가 일단 바이올린 케이스를 옆에 두고 자리에 앉았다.

"차는 못 줘."

나도 모르게 탄식이 새어 나왔다.

"하아, 도대체 왜……."

"그럼 내 차를 내놓든가."

그게 무슨…… 하려다가 생각났다. 그랬지. 새언니는 결혼할 때 제 차가 있었다. 작고 귀엽고 빨갰던 경차. 산 지 얼마 되지 않은 그 경차는 두 사람이 결혼한 지 석 달도 안 되어 아버지가 새 차를 사는 바람에 순서가 내게로 와버렸다. 나로선 나쁘지 않았다. 대학 초년생이 아버지가 물려준 것이 빤한 낡고 큰 차를 타는 것보단 그편이 나았다. 그때 새언니는 굉장히 뜨악한 표정이었다. 적금 차분히 부어 스스로 마련한 경차 대신 왜 크고 시커먼 중고차를 물려받아야 하는지 전혀 이해하지 못하는 얼굴이었다.

"네가 나중에 내 차를 팔아먹었지만, 난 그 돈을 받지도 못했어. 내 차는 그냥 그때 날아간 거야. 그런데 이 똥차를 왜 지금 내가 마음대로 못 팔아먹는다는 거야? 계산이 이상하잖아."

아무래도 새언니는 진짜 이혼을 생각하나 보다. 으름장이 아닌 것 같다.

"언니 정말 이혼할 거예요?"

이미 그런 질문을 수십 번 받았을 새언니는 대꾸도 하지 않았다. 새언니를 만나러 간다고 좀 전에 전화를 한 탓에 엄마는 계속 메시지를 보내고 있었다. 달래, 어떻게든 달래 봐. 하지만 무슨 수로 달랜단 말인가. 오빠도 못 달래는 것을.

작은오빠가 이혼을 하면 엄마는 아마 손녀 얼굴도 마음대로 보지 못할 것이다. 나이 먹은 아들의 밥도 챙겨줘야 할 것이다. 어정쩡하게 생긴 데다 어정쩡한 학벌, 나이도 어정쩡한 둘째 아들은 새장가도 못 갈 게 뻔했다. 그렇다고 월급이 많은 것도 아닌데.

어쩌면 이건 다 아버지 탓이다. 아버지는 내킬 때마다 작은 건물이나 상가 등을 아들들에게 하나씩 나누어주었다. 1층에 맥도날드가 들어온 건물은 큰오빠에게 주었고, 작은오빠에겐 새마을금고가 들어온 건물을 주었다. 문제는 그게, 주었다고는 하는데 실제로는 주지 않았다는 데 있다. 무슨 말이냐면, 아버지가 죽을 때 자식에게 물려주겠다 한 것이지 당장 증여를 해준다거나 건물의 월세를 넘겨준다거나 하는 건 아니었다는 말이다. 그래도 그런 식으로 건물이나 상가를 넘겨줄 때마다 가족들은 한데 모여 파티를 했고, 오빠들은 감사의 마음을 담아 아버지에게 캐시미어 코트나 홍삼 같은 걸 선물했다. 하지만 그게 영영 증여를 담보하는 건 아니었다. 큰새언니의 여동생이 결혼할 때 큰오빠가 아파트 전세금 2천만 원을 보태주었다는 걸 들켰을 때 아버지는 야멸차게 맥도날드 건물의 증여 약속을 취소했다. 70평짜리 샤브샤브 식당 상가도 취소했는데, 그건 큰오빠의 열세 살짜리 장남이 대학 부설 영재교육원 입학시험에 끝내 떨어졌기 때문이었다. 아버지는 손자 공부까지 신경 쓰는 사람은 아니었지만 큰새언니는 눈치코치 없이 작은아버지와 숙모가 함께한 식사 자리에서 불합격 소식을 전했고, 그에 마음 상한 아버지가 약속을 거둬버린 것이었다. 아버지는 품속 낡고 작은 노트를 꺼내 샤브샤브 상가 주소 옆 큰오빠의 이름에 죽죽 두 줄을 그어버렸다. 큰새언니는 그날 울었다.

오빠들은 그래서 아버지에게 늘 고분고분했다. 나야 아직 아버지의 안중 밖이라 받은 적도 빼앗긴 적도 없었지만, 오빠들은 하나라도 더 약속을 받기 위해 고군분투했다. 얼마 되지 않는 월급으로 작은오빠가 매달 엄마에게 콜라겐 영양제를 사주는 것도 다 그런 이유였다.

"유준 씨도 참…… 애는 친정에서 다 봐주는데, 장모님 것도 좀 챙겨주고 그래요."

콜라겐 영양제를 봉투에 담던 오빠에게 약사가 그런 말을 했을 때 비타민을 고르던 나는 화들짝 놀라 돌아보았다. 새언니의 지이이 모양이었다. 약사는 내 눈치를 보지도 않고 말을 더 보탰다.

"콜라겐 이거, 얼마 한다고. 그냥 한 상자 더 사면 될걸."

나는 남의 가정사에 입을 대는 그 무례함에 놀라 한참을 그대로 서 있었다. 오빠는 흠흠, 헛기침 두어 번만 하고는 사람 좋은 얼굴로 약국을 나왔다. 나도 오빠를 따라 나오려다 결국 참지 못했다.

"그분이 공짜로 애 봐주시나요?"

약사는 은은한 미소를 띤 채 나를 쳐다보기만 했다. 그 미소가 몹시 불쾌해 나는 더 말하지 않고 약국을 빠져나왔다. 그러고는 오빠에게 물었다.

"장모님한테 애 보는 값 얼마 줘? 혹시 안 줘?"

"안 주긴. 한 백오십 주나? 그럴걸?"

오빠가 주는 건 아닌 모양이었다. 그래서 약사가 나를 그런 눈으로 보았구나.

"야, 장모님이 안 봐주면 수하가 봐야 하는 건데, 걔가 수고비 드리는 게 맞잖아."

작은오빠는 요령이 없는 사람이었다. 꼬투리 잡힐 일을 저 스스로 만드는 꼴이라니.

엄마가 메시지를 또 보내온 것과 준호가 카페에 도착한 건 거의 동시였다. 준호는 뭐랄까, 약간 짓궂은 표정을 짓고 있었다. 새언니 앞에서 절절매고 있을 나를 위해 보무도 당당하게 등판한 모양새였달까.

'편의점 상가, 그거 준다고 해. 아버지가 약속했다고 꼭 말해.'

편의점 상가라면, 문정동 복합상가 빌딩 안에 있는 것이었다. 상가 두 칸을 매입한 뒤 편의점을 들였는데 10년째 한 번도 임차인이 바뀌지 않을 만큼 알짜배기인 곳이었다. 그건 내가 꼭 물려받고 싶었던 건데.

"처음 봬요. 임준호예요."

'뵙겠습니다'도 아니고 '봬요'라니. 나는 아슬아슬한 준호의 태도에 서둘러 설명을 덧붙였다.

"우리 결혼하려고요."

새언니가 살짝 찌푸렸다.

"봄 되면요."

천천히 고개를 끄덕였다. 그래, 그때쯤이면 내 이혼도 마무리될 거야, 라는 표정이었다.

"아버지가 편의점 상가 언니네 드린대요. 문정동 거기 있잖아요."

와아, 준호가 탄성을 지르다가 제 입을 막고는 쿡쿡 웃었다. 마치 놀리는 것 같았다. 새언니의 얼굴이 절로 일그러졌다. 준호가 변명이라도 하는 것처럼 덧붙였다.

"아니, 이혼하신다고 들었는데 지금 딜 들어가는 건가 봐요? 흥미진진한데요?"

작은오빠와 준호는 아무래도 태생이 다른 사람 같다. 누가 뭐래도 사람 좋은 웃음만 짓는 작은오빠와는 달리 준호는 때로 날카롭고, 때로 선을 넘는다. 오빠들과 달라서 준호에게 끌린 것은 맞지만 나는 속이 좀 쫀득거렸다. 공감하지 못하는 것은 아니지만 아주 조금은 불편하다.

작년 작은오빠 부부의 결혼기념일 날, 사돈댁 가족과 우리 가족은 호텔 뷔페에서 식사를 했다. 부가세 포함 8만8천 원이었으니 못 해도 150만 원은 나온 자리였다. 식사를 끝내고 나오는 길, 작은오빠는 계산대 앞에서 딴청을 했다. 아버지와 사돈어른은 손을 맞잡은 채 인사했고, 사부인과 엄마도 서로의 옷깃을 매만져 주며 건강하시라 덕담을 나누었다. 새언니의 자매들도, 큰오빠 부부도, 떠드는 아이들도 아무도 계산대 근처를 떠나지 않았다. 그들은 모두 결국 누가 계산을 할 것인지 지켜보고 있는 듯했고, 더 견디지 못한 박수하, 나의 작은새언니가 카드를 꺼내 결제했다. 그제야 모두 계산대를 떠났다. 그날 밤, 작은오빠는 집에 들어간 뒤 새언니에게 현금 150만 원을 내밀었다고 한다.

"미안. 아버지가 보고 있어서 내가 못 냈어."

박수하는 그 돈을 어떻게 했을까? 작은오빠 얼굴에 내던졌는지, 은행에 가져가 자기 통장에 입금을 했는지 나는 들은 바 없다.

"언니, 샤브샤브보다 편의점 자리가 더 괜찮다는 거 아시잖아요. 언니도 좀 양보해 주면 안 돼요?"

새언니는 딴소리를 했다.

"차는 줄 생각 없으니까 더는 연락 마. 정 가지고 싶으면 내 차 판 돈 가져오든가."

억울했다. 경차 판 돈은 얼마 되지도 않았고, 그 돈을 내가 가로챈 것도 아닌데. 아버지에게 그대로 가져다 줬는데.

"조금만 버티면 아버지 돈, 거의 절반은 언니 거 되잖아요, 그걸 못 참아요?"

새언니는 코웃음을 쳤다.

"야, 양유진. 니네 아버지 홍삼 먹고, 흑염소 먹고, 공진단 먹어. 내가 더 일찍 죽을 수도 있어."

새언니는 변했다. 저렇게 막말하는 사람이 아니었는데. 나는 그만 슬퍼지고 말았다. 픕, 옆에서 준호의 가벼운 웃음이 터졌다.

"뭐, 빨리 재산 물려달라고 시위하시는 거? 그거 반칙 아닌가요?"

준호의 비아냥에 발끈할 줄 알았는데 새언니는 웃었다. 준호보다 더 가벼운 웃음이었다.

"반칙하기 싫어서 그만하려고요. 준호 씨가 나 대신 이 집 들어와서 샤브샤브든 편의점이든 잘 챙겨봐요."

준호는 선을 확실히 넘어보기로 작정한 모양이었다.

"나는 그쪽 입장이라면 순한 개처럼 살 수도 있겠는데요?"

새언니가 질 리 없었다.

"응, 그렇게 살아봐요. 나중에 늙은 개가 되어 있을걸요?"

마음이 복잡해졌다. 결혼이란 게 뭘까? 죽을 때까지 영영 한 편 먹기로 하는 것 아니었던가? 작은오빠와 새언니는 왜 이렇게 된 것일까? 준호는 아버지의 뜻을 이해하고 잘 따라줄까? 편의점이나 샤브샤브 비슷한 상가를 물려주고, 우린 적절히 벌고 적절히 월세를 받으며 알콩달콩 잘살 수 있을까? 악장은 끝내 나를 준호와 동반 승격해 주고, 우리는 지금보다 훨씬 멋진 퍼바풀트 메이트가 될 수 있을까? 개처럼 살 수도 있겠다는 준호의 비아냥거리는 소리가 하도 빠르고 경쾌해 마치 바이올린의 트

릴 연주 같았다. 내가 인사이드에 숨어 퍽퍽한 피치카토로 겨우
배경을 받쳐줄 때 화려하고 막힘 없는 트릴로 봄의 노래를 완벽
하게 연주하는 준호가 눈앞에 겹쳐졌다. 나는 조금 어지러웠다.

결국 박수하, 나의 새언니가 자리에서 일어났다.

"그래, 차 니네 가져."

준호의 트릴이 승리했다. 마치 개 목줄 던지듯이 차 키를 테
이블에 내려놓은 새언니는 카페를 나갔다. 준호는 차 키를 낚아
채고 곧바로 일어섰다. 하지만 주차장에서 차를 보자마자 그는
나에게 물었다.

"큰새언니 차는 뭐야? 그 차도 이래?"

준호는 20만 킬로를 이미 달린 적 있는 벤츠 E200 앞에서 얼
빠진 표정이었다.

"그냥, 이거 팔라고 하면 안 돼? 큰새언니 차를 물려받는 게
낫지 않겠어?"

E200은 낡아도 너무 낡았고, 덩치만 큰 늙은 돼지 같았다.

연주회 날 아침부터 나는 마음이 급했다. 리허설 시간에 맞추
려면 빠듯했다. 큰오빠네, 작은오빠네 가족이 연이어 도착했고,
준호는 가장 마지막에 도착했다. 작은새언니는 아무렇지 않은
듯 준호를 대했고, 준호도 깍듯했다. 엄마는 안방 장롱에서 밍크
코트 세 벌을 꺼내 왔다.

"큰애랑 작은애랑 이걸로 입어."

한눈에도 비싸 보이지만 이미 구식이다. 그도 그럴 것이 그들의 결혼식 때 엄마가 사준 코트들이니 하나는 13년도 넘었고, 다른 하나도 5년이 넘은 것이다. 11월은 밍크코트를 입기엔 이른 계절인 데다 유난히 해가 좋은 날이었지만 우리 집 두 며느리는 순순히 밍크코트를 입었다. 엄마는 다시 안방으로 들어가 금고를 열고 보석함을 꺼내 왔다. 보석함 안에는 다이아몬드 반지와 목걸이, 귀걸이 등이 있었다. 세 여자는 제 것들을 십었다. 작은새언니가 반지를 끼고 목걸이를 하고 귀걸이를 거는 것을 준호는 소파에 앉아 가만히 바라보고 있었다. 그는 아마 한 집안의 밍크와 보석을 엄마가 모조리 관리하는 이유에 대해 점치고 있을 터였다. 사실 이유라야 별것 없다. 엄마 돈으로 산 것이므로 엄마가 관리하는 것일 뿐이다. 우리 집안의 전통이란 언제나 이렇게 명쾌했다.

나는 사실 준호와 따로 가고 싶었다. 준호에게 우리 집에 관해 자꾸 설명할 일이 생겼고, 그럴 때마다 무언가를 들키는 기분이 들었기 때문이었다. 상견례를 하지는 않았지만 우리는 양가 부모님에게 인사를 했고, 종종 서로의 집을 오갔다. 봄이 오면 결혼을 하겠다는 약속도 여태 유효했다.

"운전은 제가 할까요, 아버님?"

준호가 살갑게 물었을 때 아버지는 빠르게 고개를 저었다.

"거, 사람이 몇인데 운전을 해서 가나? 지하철 타는 게 낫지."

아버지는 자동차 세 대의 주차비를 절대 용납하지 못하는 사람이다. 그걸 알 리 없는 준호는 어리바리한 얼굴로 네네, 하며 고개를 주억거렸다. 금호동에서 여의도까지는 멀었고, 주말 오전이라 사람들이 붐볐다. 밍크코트를 이르게 껴입은 여자 셋이 땀을 삘삘 흘렸고, 준호와 나는 검은 차창만 바라보고 있었다.

결론부터 말하자면 연주회는 완전히 망쳤다. 퍼스트 바이올린 동반 승격은 고사하고, 준호 혼자만의 승격도 물 건너간 일인지도 몰랐다. 하지만 정말이지 이건 악장 때문이었다.

악장은 리허설 동안 준호를 세 번이나 따로 불러냈다. 아예 내 시야 밖이었고, 그것도 내가 자잘한 실수를 할 때마다 마치 나만 지켜보고 있었던 사람처럼 미간을 살짝씩 찌푸리며 준호를 불러냈던 것이다. 아무리 봐도 악의적이었다. 나는 가슴이 졸아붙을 것만 같았고, 준호는 악장과 이야기를 끝내고 돌아올 때마다 나에게 아무런 이야기도 하지 않았다.

잔뜩 긴장한 채로 연주회가 시작되었고 나는 1악장 도입부부터 실수를 연발했다. 물론 내 자리가 인사이드여서 아웃사이드 준호의 오른팔에 가려져 청중들은 그다지 눈치채지 못했겠지만, 바로 내 옆 비올라 주자는 내 현이 얼토당토않게 긁힐 때마다 언짢은 표정을 숨기지 않았다.

2악장 라르고의 소네트에서 솔로 바이올린을 맡은 악장이 평화롭게 잠든 목동을 노래했다. 〈사계〉처럼 솔로와 앙상블의 대비가 중요한 곡에서, 악장이 솔로이스트 역할을 맡는 건 당연한 일이었다. 음대 출신 변호사 악장. 분명히 말하지만 나는 한 번도 그를 질투한 적이 없다. 저도 음악이 별 볼 일 없는 거라 깨달아서 로스쿨로 튄 주제에 관현악단 사람들에게 더 진정성 있기를, 더 진중하기를 당부하는 모습이 얼마나 우스웠는데, 질투라니. 그런데 준호가 악장의 솔로 연주에 몰입하고 있었다. 분명 준호는 존경과 매료의 눈길로, 평화롭고 완벽해 보이는 악장을 바라보고 있었다. 솔로 선율이 잦아들며 뒤이어 퍼스트 바이올린이 나뭇잎이 살랑거리는 소리를 냈다. 나는 정신없이 흔들렸다. 내가 준호에게 무엇을 들켰던 것일까.

사고는 3악장 알레그로에서 일어났다. 3악장의 소네트, 요정과 목동들의 시골 무곡이 시작되었지만 내 마음은 전혀 경쾌하지 못했다. 연주가 이만큼 진행되도록 준호는 단 한 번도 나와 눈을 마주치지 않았고, 내 연주에 맞추지도, 내 실수를 감춰주지도 않았다. 그건 풀트 메이트다운 행동이 아니었다. 급기야 준호는 한 보면대를 사용하면서도 악보를 넘기지 않았다. 악보를 넘기는 건 아웃사이더의 몫이었음에도 말이다. 앙상블이 강하고 빠른 부분을 연주하고 있었다. 준호는 자기 연주에만 몰두했고, 나는 당황했다. 이러면 음이 나갈 수밖에 없었다. 연주를 이렇게 망칠 수는 없었기에 내가 할 수 있는 일은 하나뿐이었다. 나는 인사이드 자리에서 몸을 기울였다. 오른팔을 뻗어 악보의 끝을 잡으려 했다. 내 움직임에 놀란 준호가 황급히 몸을 피하려 했지만 우리 둘의 활이 기어이 부딪치고 말았다. 끼이이익, 쇠를 긁는 끔찍한 소리가 앙상블을 뚫고 객석에 울려 퍼졌다.

　선량한 관현악단 동료들은 아무도 준호와 나를 나무라지 않았
지만, 그렇다고 친절하게 위로해 주지도 않았다. 그들은 악기를
챙겨 뒤풀이 장소로 이동했다. 가족들은 공연장 앞에 옹기종기
모여 있었다. 큰오빠는 몹시 피곤한 얼굴이었다.
　"저희는…… 집으로 바로 갈게요."
　엄마가 바로 막아섰다.
　"집에 가서 밍크랑 반지랑 다 빼놓고 가야지."
　그 말에 큰새언니가 순순히 끄덕였다. 큰오빠도 더 말하지 않
았다.
　"저는 약속이 있어서요."
　작은새언니가 밍크코트를 벗었다. 반지도 빼고, 귀걸이도, 목
걸이도 뺐다. 코트를 벗은 새언니는 추워 보였지만 아랑곳하지
않았다. 엄마는 길거리 한복판에 서서 새언니가 내미는 밍크코
트를 받아 한 팔에 걸고, 보석을 핸드백에 챙겨 넣었다. 그 모습
을 큰오빠 부부와 아버지, 그리고 작은오빠가 지켜보았다. 물론
준호도 곁에 있었다.
　새언니는 마지막으로 롤렉스 시계를 풀었다. 엄마의 핸드백
안에 롤렉스를 달랑 떨어뜨린 뒤 스마트워치를 새로 찼다.
　"저 먼저 갈게요."
　박수하는 그렇게 홀홀 사라졌다.

가족들은 박수하가 사라진 반대편 지하철역을 향해 걸어가기 시작했다. 엄마에게 손을 흔들고 돌아서자 준호가 보이지 않았다.

준호는 저만치 먼저 걷고 있었다. 나는 종종걸음으로 따라가 그의 옆에 섰다. 준호가 흘깃 나를 바라보았다. 악보를 넘기려 했던 일을 아직도 사과하지 못했다. 그가 먼저 괜찮다고 얘기해 줬으면 했는데. 나를 쳐다보던 준호가 천천히, 픕 웃었다. 그리고 말했다.

"니네 집…… 진짜 깬다."

준호는 앞장서 걷기 시작했다. 나는 그를 따라 뒤풀이 장소로 가야 할지 아니면 그냥 뒤돌아 아무데로나 걸어야 할지 몰라 잠깐 망설였다. 봄이 되면 결혼을 하려고 했는데, 내 봄이 어디로 사라진 건지 나도 잘 몰라 자꾸 두리번거렸다.

"

목동의 피리 소리가 울려 퍼지고
찬란한 봄빛 아래
춤추는 요정들
춤추는 목동들

– '봄', 3악장에서 –

"

강-20250418

권선희

　경춘선 전철은 대성리를 지나 청평으로 가고 있다 횡대로
마주 앉은 누구도 강이라는 배경을 읽지 않는다 배낭 끌어안
은 채 손전화 들여다보는, 벌어진 운동화 밑창을 살피는, 불
편한 침묵으로 흘러가는 우리는 정말 봄이었을까? 꽃을 놓으
면 아무것도 아닌 것들, 물살처럼 허망한 것들, 노을로 기다릴
강 끝 역에 닿으면 절망조차 저버릴 것들이 그래도 강변 따라
봄을 산다 물가에서 죽겠다는 봄빛 유서를 쓴다

씬Scene I - 봄, 노래

여국현

I

연록의 물결 숨 트는 이른 봄의 강변
속살 드러낸 엷은 얼음의 마지막 파편들이
서로를 밀어내며 물속으로 가라앉는 시간
툰드라 동토凍土의 기억 같은 살얼음 위
꽃이끼처럼 피어난 복수초 마디풀 마른 억새 덩굴장미
겨울잠에서 풀려난 경쾌한 리듬으로 몸 풀고
매화나무 가지 사이 짝 찾아 옮겨 다니는 분주한 동박새들
참새들 쫓아 물가 버드나무 가지 위에 나란히 내려앉을 때

봄바람처럼, 우리
봄바람처럼, 우리

II

옷 다 벗은 맨몸의 느티나무 가지 끝마다
연둣빛 물오른 맥박 핏줄이 솟고
겨우내 갇혔던 물의 빗장이 풀려
옹알거리는 연갈색의 새순들
바람의 손길에 몸 맡기고 춤을 출 때
대지를 깨울 굵은 비 머금은 적란운 아래

강 건너 공단지대 굴뚝 사이 회색 하늘가
겨울의 마지막 옷자락 펄럭이며 천둥 번개 날아들고
푸르게 일렁이는 강물 옆 낮게 고개 숙인 갈대 위
붉은가슴딱새도 비에 젖은 날개 접을 때

봄비처럼, 우리
봄비처럼, 우리

III
비 그친 수평선 위 오선지 같은 무지개
망각의 겨울을 씻어내듯 사방에서 분주한 햇빛
강물에 튀는 그 빛에 놀라 까치 한 마리 날아오르고
긴 잠의 마비에서 *깨어난* 강물은 제 흐름으로 노래하는데
우주의 생명 머금은 비밀스러운 속삭임
온 대기에 생명의 훈기 피워 올리며
모든 살아 있는 것들의 존재 증명으로 환한 강변

봄 나비처럼, 우리
봄 나비처럼, 우리

수어 水語

황종권

당신의 이름을 부르면
바다가 따라 젖었지

입술이 닿기도 전에
혀끝은 이미 물의 언어를 배우고 있었고
숨결이 닿는 곳마다
맑은 수문이 열려
나는 그 안으로 걸어 들어갔지

내면의 물결은 파랑으로 빛났고
햇빛은 손톱만큼의 조약돌 위에서도 부서졌지

조약돌 속에 숨은 낮은 당신의 목소리

나는 파도에 귀를 대었지
당신은 어떤 빛으로 봄을 부르고 있었던 걸까

당신의 눈 속에는 수초가 자랐고
내 심장 안에는 수초 그림자가 흔들렸지

밀이 물로 바뀌는 순간
우리는 서로의 체온을 잃지 않으려

더 깊이 잠겼고

사랑은 그렇게 시작되었지
언어가 젖고
이름이 스며들며
입술부터 물결로 변하던 봄,

사랑이란 젖은 음표들이 부르는 계절이 되었지

비발디 바이올린 협주곡 〈사계〉 중 '봄'

Vivaldi Violin Concerto 'Spring' from The Four Seasons Op. 8 No. 1

비발디는 47세가 되던 1725년에 〈화성과 창의에의 시도〉라는 제목으로 12곡의 바이올린 협주곡을 출판했다. 그 곡들은 음악학자 리옴이 RV번 호로 정리하기 이전의 것으로 작품번호로는 Op.8의 No.1~No.12이다. 그중 앞의 네 곡이 '봄', '여름', '가을', '겨울'이고, 묶어서 〈사계〉라고 한 다. 필자는 그 곡들을 '사계절'이라고 불렀더라면 하고 못내 아쉽다. 사 계라는 말은 어린이들에게는 어려운 말이고, 어른들도 잘 쓰지 않는 말 이기 때문이다.

협주곡 〈사계〉는 1723년경 작곡된 것으로 추정된다. 이 곡들은 비발디 가 하노버의 궁정 악장이자 음악 교사로도 근무하던 베네치아의 오스페 달레 델라 피에타 음악원의 학생들을 염두에 두고 작곡하고, 초연도 학 교 내에서 이루어진 것으로 보인다.

협주곡 '봄'을 설명하기에 앞서 절대음악과 표제음악에 대해 알아보는 것 이 필요하다. 그것은 음악을 나누는 여러 방법 중 하나이다.

절대음악(Absolute Music)

음 자체의 아름다움을 추구하는 음악으로서 대부분 제목도 번호로만 되어있다. 낭만파 음악(1815~1910) 이전의 바로크 음악(1600~1750), 고전파 음악(1750~1815)이 이에 해당한다. 예를 들면 모차르트 피아노 협주곡 20번, 21번, 23번 등은 별칭 부제가 없다. 번호 외 별칭이 붙어 있어도 절대음악인 것들도 있다. 예로써 베토벤의 3번 교향곡 〈영웅〉을 들 수 있다. 베토벤이 3번 교향곡을 보나파르트 나폴레옹에게 바치려고 제목을 보나파르트라고 붙였다가 그에게 실망한 나머지 제목을 〈영웅〉이라고 고쳤을 뿐 이 교향곡은 영웅을 묘사하려고 한 음악이 아니다.

표제음악(Program Music)

음악으로 자연, 미술, 문학, 사상 등을 표현하려고 한 것이다. 그래서 곡명이 번호 이외에도 별칭이 붙어 있다. 예를 들면 베토벤 교향곡 6번 〈전원〉, 베를리오즈 〈환상 교향곡〉, 리하르트 슈트라우스의 〈차라투스트라는 이렇게 말했다〉, 생상스의 〈동물의 사육제〉 등이 있다. 표제음악의 발달은 낭만파 음악의 특징 중 하나이다.

협주곡 〈사계〉는 '봄', '여름', '가을', '겨울'이라는 표제가 붙어 있다. 그뿐만 아니라 각 곡마다 비발디가 짧은 시(Sonet)를 적어놓았다. 바로크 시대에 이미 낭만파 음악들처럼 곡 번호 외의 표제를 붙인 것이다.

비발디의 〈사계〉는 표제음악인가?

'봄' 1악장은 3분 20여 초 만에 비발디의 시구를 음악으로 충실히 표현한다. 그렇다면 비발디의 봄을 비롯한 〈사계〉는 음악으로 계절이라는 자연을 표현하려고 한 것이므로 표제음악이라고 할 수 있다. 그런데 일반적으로는 비발디의 〈사계〉를 최초의 표제음악이라고 말하지 않는다. 대게 베토벤(1770~1827)의 교향곡 6번 〈전원〉을 표제음악의 효시로 보고, 베를리오즈의 〈환상교향곡〉을 본격적인 표제음악이라고 말한다. 아마도 협주곡 〈사계〉의 음악적인 분위기가 바로크 말기와 고전파 초기의 절대음악들과 유사하기 때문일 것이다. 바꾸어 말하면 1808년에 발표된 베토벤의 〈전원〉은 당시의 음악들에 비해 확연히 풍경 묘사적이다. 1830년에 발표된 베를리오즈의 〈환상교향곡〉도 당시의 교향곡들에 비해 매우 개성적이고 묘사적이다.

그러나 어떤 곡이 표제음악이냐 절대음악이냐를 따지는 것은 의미 없는 일이다. 표제음악이 절대음악보다 우월한 것도 아니다. 표제음악은 낭만파 음악을 설명하는 하나의 도구일 뿐이다. 낭만파 시대에 성행했던 표제음악은 "내가 이러 이러한 상황을 음악으로 표현하려고 했으니 듣는 이는 그 상황을 상상하면서 들어주시기 바랍니다."라는 작곡가의 생각이 반영된 것이다.

차이콥스키(1840~1893)의 〈로미오와 줄리엣 환상 서곡〉을 보자. 이름 그대로 차이콥스키가 셰익스피어의 희곡을 음악으로 표현하고자 한 것이다. 듣는 이들 중에 그 희곡이 매우 잘 연상되는 이도 있을 테지만 연상이 잘되지 않는 이도 있을 것이다. 분명한 것은 차이콥스키의 의도를 알면 감상에 도움이 된다는 것이다. 그러므로 비발디의 〈사계〉를 대할 때 표제음악이냐 아니냐를 따지기보다는 시대를 앞서 음악으로 풍경 묘사를 충실히 하려고 했던 비발디의 아이디어를 높이 평가할 필요가 있다. 또한 〈사계〉를 듣기 전에 비발디가 직접 쓴 시구들을 미리 읽고 장면을 연상하며 감상한다면 50여 분에 이르는 네 곡이 지루할 틈이 없이 매우 흥미롭게 느껴질 것이다. 네 계절을 묘사했지만 '봄', '여름', '가을', '겨울'이 이어지는 구조가 아니고 독립된 곡들이므로 굳이 계절의 순서대로 들을 필요는 없다. 그리고 음악회에서 네 곡을 마주하지 않는 이상 한 번에 네 곡을 들을 필요도 없다.

협주곡 '봄'에 비발디가 써놓은 시를 보면서 곡을 살펴보자.

1악장 Allegro(쾌활하게)

봄이 왔나! 즐거운 새들이 노래하며 인사하고,
서풍이 불자 시냇물은 달콤한 속삭임으로 흐른다.
갑자기 하늘이 어두워지고,
천둥과 번개가 내리친다.
폭풍우가 지나간 뒤 새들은 다시
아름다운 노래를 부르기 시작한다.

비발디는 시 내용을 음악으로 표현하려고 애쓴다. 봄이 왔다는 것을 알리듯 매우 밝고 경쾌한 첫 주제가 시작되고 나면 세 대의 바이올린이 대화하듯이 짧은 트릴을 주고 받으며 새소리를 묘사한다. 겨울 동안 얼었던 시냇물이 녹아 흐르는 것을 현악기 전체가 반주하듯이 연주하고 또다시 첫 주제가 나타난다. 어두운 트레몰로(같은 음을 빠르게 반복하는 주법)로써 봄에 어울리지 않게 먹구름이 밀려오고 천둥 번개 소리가 난다. 그 속에서 주 독주자는 압도적인 솔로를 화려하게 펼친다.

그러고는 첫 주제를 단조로 변형해서 펼친다. 비가 그치고 세 대의 바이올린이 앞에서와는 다르게 단조로 새소리를 묘사한다. 짧게 두 번째 주제가 나타나고 곧이어 첫 주제가 다시 나타난다.

2악장 Largo(폭넓게)

꽃핀 들판 위로,
나뭇잎과 풀잎의 속삭임이 들려오고
목동은 충실한 개와 함께 잠이 든다.

현악기들이 고요한 들판을 묘사하고, 바이올린 솔로가 목동이 잠든 평화로운 모습을 여린 소리로 표현한다. 그런데 필자는 목동이 노래 부르는 것처럼 느껴진다. 재미있는 것은 비올라가 바이올린 솔로 뒤로 시종일관 '컹컹', '컹컹'하면서 개 짓는 소리를 묘사한다는 점이다. 아름다운 바이올린 솔로가 돋보이는 2악장은 2분 30여 초 동안 이어진다.

3악장 Allegro(쾌활하게)

목동의 피리 소리가 울려 퍼지고
찬란한 봄빛 아래
춤추는 요정들
춤추는 목동들

첼로와 콘트라베이스가 지속저음(저음부에서 지속적으로 쉼 없이 저음을 반주하는 것)을 펼치며 목동들이 백파이프를 부는 것 같은 장면을 묘사하고 바이올린과 비올라는 목동들과 요정들이 화려하게 춤을 추는 장면을 연출한다. 느긋한 지속저음은 바로크 음악에서 통상적으로 나타나는 특징이다. 바이올린과 비올라가 첫 주제를 제시한 뒤, 바이올린 솔로가 새로운 주제를 펼친다. 이어서 현악기 군은 첫 주제를 단조로 변주하며, 두 번째 주제를 제시한다.

이후 다시 솔로가 등장한 뒤 첫 주제가 재현된다. 3악장은 4분여 동안 연주된다.

Summer

From: Four Seasons F.

VIVALDI

'Summer' from The Four Seasons Op.8 No.2

"

부드러운 서풍이 불다가
갑자기 북풍이 몰아치면
목동은 자신의 운명을 탄식하며
다가올 폭풍을 두려워한다.

– '여름', 1악장에서 –

"

나에게는 꽃

김도일

    언니를 보러 가는 날이면 아침부터 분주하다. 바쁜 마음과 달리 머리와 손은 무뎌져 자꾸 해야 할 뭔가를 빠뜨리고 평소보다 두세 번 손이 더 가게 마련이다. 거기에다 오늘은 손녀까지 데리고 먼 길을 다녀와야 해서 마음이 더 무겁다. 근처에 살며 맞벌이를 하는 딸 내외를 대신해 유치원에서 돌아온 아이를 부모가 퇴근할 때까지 맡아 돌보는 것이 일상이었다. 하지만 어제 유치원생 중 한 아이의 머리에서 이가 발견되는 바람에 오늘 유치원 전체에 소독과 방역을 해야 해서 휴원이 결정되었다. 어쩔 수 없이 하루 종일 아이를 데리고 있어야 했다. 그렇다고 한 달에 한 번 있는 언니의 면회도 미룰 수가 없었다. 더구나 이번 면회는 다음 주인 언니의 생일상을 겸하는 자리였다. 자기의 취향을 확실하게 주장하기 시작한 일곱 살 아이를 데리고 서너 시간

거리를 다녀올 생각을 하니 출발 전부터 진이 빠지는 기분이다.

아이를 마당에서 놀게 하고 미역국 냄비에 불을 붙였다. 언니가 좋아하는 호박잎을 찌고 강된장도 졸였다. 어제 시장에서 산 민어조기도 두 마리 굽고 조카 내외와 같이 먹을 불고기와 잡채도 만들어 용기에 담았다. 프라이팬에서 튄 기름이 닿은 광대가 화끈거렸다. 강된장은 너무 짜지 않을까 걱정되었다. 혀가 무뎌진 건지 근래 딸은 내가 만든 음식이 점점 짜진다고 투덜거렸다. 한숨 돌릴 겨를도 없이 대충 씻고 화장을 마무리한 다음 마당으로 나갔다. 아이는 흙장난에 집중하고 있었다. 빈 화분의 흙을 헤집고 거기에다 담벼락에 쌓아놓은 잡초를 심느라고 아침에 제 엄마가 입힌 깨끗한 옷은 이미 얼룩이 졌고 흙물이 든 소매는 까맸다.

"아유, 민지야 옷 꼴이 그게 뭐야? 안 그래도 할미 정신이 없는데."

아이 손에 묻은 흙을 털어내며 목소리가 높아졌다. 조그만 손톱 사이에도 흙이 끼어 손톱 끝에 선명한 선을 그렸다. 아이의 얼굴과 머리카락에도 알갱이들이 묻어 있었다. 꼼짝없이 다시 씻기고 옷도 갈아입혀야 할 터였다. 정수리에 송골송골 땀이 솟는 것이 느껴졌다.

"애써 뽑아놓은 잡초는 왜 또 화분에 심었어? 그러다 손 다치면 어쩌려고."

"잡초 아니야. 이름있어!"

아이가 눈을 동그랗게 뜨고 올려다보며 발끈했다. 제 엄마의 어릴 때 모습이 떠올라 얼굴에 쓴웃음이 잠깐 비추었다. 화분에는 노란 꽃술을 중심으로 흰 꽃잎이 동그랗게 바깥으로 뻗은 꽃이 심겨 있었다. 언뜻 보기에는 데이지 같았지만 크기가 더 작았고 꽃잎도 훨씬 가는 꽃이었다.

"이건 달걀꽃이야. 할미처럼 내가 매일 물도 주고 수건으로 닦아 주기도 할 거야."

앞에 사고가 났거나 공사 중인 건지 평소와 달리 도로에는 차들이 제 속력을 내지 못하는 중이었다. 약하게 틀어놓은 에어컨에도 소름이 일어 창문을 조금 열었더니 습기를 머금은 더운 공기가 기다렸다는 듯이 소음과 함께 훅 차 안으로 들어왔다. 얼른 창문을 다시 올렸다. 계절은 어느새 또 여름 초입이었다. 뒷좌석에서 지겨움을 못 이겨 몸을 꼬며 한참을 칭얼거리던 아이는 그새 잠이 들었는지 조용했다. 클래식 음악 채널에 맞춰놓은 라디오에는 계절 특집으로 편성되어 방송되는 모양인지 여름을 주제로 한 협주곡이 흘러나왔다. 조급한 마음은 잘게 쪼개진 음표를 연주하는 현악기에 맞춰 심장이 뛰게 했다. 빠른 음악은 가슴 아래 가라앉아 있는 과거의 생각을 끌어올리는 힘이 있는 모양이었다. 1년 전, 언니를 요양병원에 입원시킬 때의 복잡한 감정이 되살아나 절로 한숨이 나왔다. 눈에 물기도 차오르는지 차창 밖 시야가 뿌옇게 흐려졌다.

작년 이맘때, 조카 준영으로부터 언니가 입원했다는 연락을 받고서는 그러려니 했다. 오래전부터 천식을 앓아 기관지와 폐의 기능이 약한 언니는 연례 행사같이 계절이 바뀌는 즈음에 입원을 했기 때문이었다. 발병이 어느 계절과 계절 사이에 주로 일어나는지는 일정치 않았다. 심각하게 생각하지 않고 며칠 동안 자매가 병실에서 같이 지내며 언니 간병이나 할 요량이었는데 조카의 말은 그게 아니었다.

"이모, 엄마 이번에는 중환자실에 들어가셨어요. 폐렴이 급성으로 왔대요. 중환자실에 있는 동안 하루에 한 시간만 면회가 되니까 오셔도 잠깐만 볼 수 있어요. 이모는 엄마 입원실로 옮기면 그때 오시는 게 좋을 것 같아요. 그리고 인지검사를 했는데……엄마 치매래요."

돌이켜보면 언니의 이상 증상은 형부의 장례를 치른 이후부터 시작되었다고 할 수 있는데 증상이라는 게 형부의 죽음을 깨닫지 못한다거나 아파트 동을 잊어버리는 것 따위였다. 그것도 간헐적인 증상 발현과 일상에 큰 영향을 주는 것이 아니었기에 상실감과 나이에서 오는 자연스러운 현상이라 여기고 말았던 것이다.

그러던 언니가 중환자실에 들어가기 한 달 전부터는 증상이 갑자기 심해졌다. 근처에 살며 1주일마다 들르는 아들에게 자꾸 있지도 않은 통장을 찾아보라는 것을 시작으로 급기야는 며느리에게 평소에는 하지 않던, 입에 담지 못할 욕설까지 했다고 한다. 폐의 기능이 어느 정도 회복되어 일반 병실에 옮겼을 때는 몸과는 달리 치매는 상태가 더 심각해져 아예 가족들을 못 알아보았다. 코와 팔에 꽂혀있는 산소 호스와 주삿바늘을 자꾸 뽑는 바람에 결국 침대에 손발을 묶어야 하는 지경에 다다랐다가 간호사마저 두 손을 들었을 때는 요양병원에 들어갈 수밖에 없었다.

차가 병원에 들어서자 병원 건물 옆 흡연 부스에서 담배를 피우고 있는 준영이 보였다. 준영도 내 차를 알아보고는 급하게 담배를 끄고 빠른 걸음으로 차 있는 곳으로 왔다. 멀리서도 초췌한 모습의 준영이 가까이 오자 더 확연했다. 아직 젊은 애가 머리카락에 윤기는 없었고 푸석한 얼굴에 면도도 안 했는지 수염이 꺼칠했다. 면바지는 주름져 있었고 남방에는 쉰내가 옅게 났다. 아직 잠에 취한 민지를 토닥거리며 안는 동안 준영이 나머지 짐을 꺼내며 인사를 했다.

"이모, 오셨어요? 민지도 같이 왔구나. 안녕? 삼촌 기억나?"

억지로 잠을 깬 뽀로통한 아이가 고개를 홱 돌려 가슴에 안겼다.

"그래, 차가 많이 막히더구나. 서둘렀는데도…… 일찍 왔니?"

"아니에요. 저도 좀 전에 왔어요."

"시우 엄마는? 같이 온다고 하지 않았니?"

"네, 저…… 일이 좀 있어서요."

"무슨 일? 싸웠구나."

"싸우긴요…….."

언니가 아프기 시작한 후 준영네의 부부 사이가 삐걱거리는 것은 준영의 입성만 봐도 뻔한 사실이었다. 아마 병원비가 가장 큰 이유일 것이다. 집안마다 내놓지 못하는 사정도 있을 것이고 그쪽 친정도 그리 여유 있는 상황이 아닐 수·있지만, 팔은 안으로 굽는다고 준영 처에 대한 서운함이 속에서 올라왔다. 부모 병수발 3년에 효자 없다고 준영도 점점 지쳐가는 모습이 역력했기에 그 서운함은 조카 또한 비껴가지 못했다. '언니가 너희를 어떻게 키웠는데.'

환자의 면회 시간은 하루 20분으로 제한되었지만 오늘은 특별한 날이라 병원에 양해를 구하였다. 장소 또한 병실에서가 아니라 식사를 할 수 있는 별도의 공간이 주어졌다. 테이블 위에 짐을 올려놓고 언니를 기다렸다. 창문을 통과하느라 옅어진 매미 울음소리가 들렸다. 올해 처음 듣는 매미 소리였다. 한 음으로만 지겹게 우는 말매미가 아니라 리듬감 있게 노래하는 것처럼 들리는 참매미의 울음이었다. 병원 건물과 주차장 사이에 있는 정원에는 일꾼 둘이서 나무를 손질하고 있었다. 생나무 가지의 알싸한 향이 유리를 뚫고 코를 자극하는 환향(幻香)에 잡혔다.

매미 소리를 들으며 얼굴을 수건으로 가린 일꾼들의 가위질을 무심하게 보고 있는데 병원 이름이 세로줄로 인쇄된 분홍색 환자복을 입은 언니가 들어왔다. 휠체어에 앉은 언니는 팔걸이에 양손이 묶인 채였고 코에 걸린 호스는 휠체어 뒤 산소통에 연결되어 있었다.

"아직 산소포화도가 올라오지 않아서 당분간 콧줄을 해야 하는데 환자분이 자꾸 빼려고 해서요. 손을 풀더라도 콧줄 안 빠지게 조심 좀 해주세요. 환자분 생명줄이니까요."

휠체어를 밀고 온 요양보호사가 주의사항을 전한다. 나가려고 하는 요양보호사를 붙잡고 따로 준비해 온 참외 봉지를 건넸다.

"언니 때문에 고생 많으시죠? 별것 아니지만 여사님들 같이 나눠 드세요."

"아이고, 매번 올 때마다 챙겨주셔서 감사해요."

풍채가 크고 눈썹 문신을 진하게 한 여자가 호들갑을 떨며 나간 후에야 비로소 온전하게 언니를 볼 수 있었다. 한 달 만에 만난 언니는 전보다 훨씬 야위어져 있었다. 볼이 움푹 파여 도드라진 광대에는 저승꽃이 흉하게 자리했고 허연 단발머리는 정리가 안 돼 잔머리가 삐죽 삐져나온 모습이었다. 총기를 잃은 눈동자는 갈색으로 탈색되어 어디를 보고 있는지 가늠이 안 되었다.

"언니, 나 왔어."

무릎을 꿇고 언니를 안았다. 앙상한 어깨 관절이 가슴을 눌렀다. 등에 닿은 손바닥은 갈비뼈의 명확한 요철을 아래위로 쓸었다. 팔걸이의 주머니를 풀고 언니 손을 얼굴에 갖다 대자 꺼칠한 손이 볼을 쓰다듬었다.

"왜 이제 왔어. 보고 싶었잖아."

"언니, 나 알아보겠어? 내가 누구야?"

얼굴을 들어 언니를 봤다. 언니의 눈은 내가 아니라 정면을 향하고 있었다. 창가 의자에 앉아 인형에 몰두하고 있는 민지에게 맞춘 흐릿한 시선은 점점 초점을 맞추는 것 같이 보였다.

"순철이. 우리 막내……."

원래 딸만 셋이었던 우리 집에 갑자기 남동생이 생긴 것은 언니가 열한 살, 내가 여덟, 그리고 동생이 네 살 때였다. 농산물 도매를 하던 아버지는 한 번 집을 나가면 몇 달씩 집을 비우기가 여사였는데 계절과 생산지를 따라 알맞은 금액으로 흥정을 위해 전국을 돌아다녔기 때문이었다. 아버지가 오는 날이면 어머니 주위에는 왠지 모르게 차가운 공기가 맴돌았고 아버지를 바라보는 눈에는 새파란 불꽃이 일었다. 안방에서 들려오는 어머니의 날카로운 목소리와 흐느낌, 아버지의 헛기침과 혀를 차는 소리에 우리는 긴장과 걱정으로 잠을 설쳐야 했다. 그러나 희한하게도 다음 날에는 아무 일도 없었다는 듯 아버지가 좋아하는 것들로 차려진 풍성한 아침상을 얼굴에 옅은 홍조를 띤 어머니가 내오는 것을 볼 수 있었다. 그러던 어느 날, 모두가 어렴풋이 걱정하던 사달이 끝내 일어나고 말았다.

그날은 여름방학이 시작되고 첫 일요일 오전이었다. 언니는 울타리에 열린 호박잎을 따 씻고 있었고 나는 동생을 보며 마루에 엎드려 방학 숙제를 하고 있는데 자전거 한 대가 불쑥 마당으로 들어왔다.

"여기가 황무섭 아저씨 집 맞지? 귀순이가 누구니?"

갑작스러운 호출에 당황한 언니가 엉거주춤 무릎을 폈다.

"아, 나는 읍내 여관에서 일하는 사람인데 너희 아버지 지금 우리 여관에 있거든. 귀순이를 여관으로 데리고 오래서 심부름 온 거다. 자, 여기 너희 아버지 편지."

머리에 포마드를 발라 번들번들한 청년이 자전거에 앉은 채로 건넨 쪽지에는 아버지 필체의 글씨로 '귀순이 지금 아버지한테로 오라. 자전거 타고 빨리 오라.'라고 쓰여 있었다. 급박함이 느껴지는 내용에 언니는 젖은 손을 치마에 문지르고 곧바로 자전거 뒷자리에 올랐다. 고추밭에 나갔다가 점심때가 되어 돌아온 어머니는 자초지종을 들으시고 애꿎은 나와 동생에게 역정을 내셨다. 우리는 서러움과 걱정이 뒤범벅된 눈물로 얼굴을 더럽힌 채 쫓겨났다. 동생과 문 앞에 쭈그리고 앉아 언니가 사라진 방향과 땅바닥을 번갈아 보고 있는데 동생 배에서 꼬르륵 소리가 났다. 밥때를 한참 지난 시간이었다. 매타작을 각오하고 집으로 들어갈까 고민하고 있는데 신작로에서 마을로 들어오는 길에 아버지와 언니 모습이 흐릿하게 보였다.

거리가 가까워지면서 두 사람의 모습이 점점 선명해지기 시작했다. 양손에 보따리를 든 아버지 뒤를 언니가 따라오고 있었다. 우리는 일어나 아버지에게로 달려갔다. '그래, 들어가자.' 아버지는 앞에서 꾸벅 인사하는 둘에게 눈을 제대로 맞추지 못한 채 한마디 하고 집을 향해 갔다. 댓 걸음 뒤에서 따라오던 언니의 몸에는 포대기가 감겨 있었다. 머리카락 한 올이 얼굴에 붙어 있는데도 떼어낼 생각이 없어 보이는 언니는 곧 들이닥칠 것이 분명한 폭풍에 대한 걱정으로 울상이었다. 언니의 등에는 한여름 땡볕에 얼굴이 발갛게 익은 아기가 볼 한쪽을 기댄 채 잠들어 있었다. 땀으로 축축한 언니의 옷은 아기의 침이 더해져 흥건했다.

아이의 엄마는 아버지가 시금치 수매를 위해 한동안 P시에 머물 때 만난 여자였다. 아버지와 여자는 그곳에 살림을 차리고 애까지 낳은 것이다. 아버지가 올 때마다 그렇게 날을 세운 것을 보면 어머니는 이런 날이 올 것을 이미 예상하고 있었던 것 같았다. 아이가 백 일이 되었을 무렵, 아버지는 아이를 호적에 올리려고 아이 엄마도 함께 데리고 왔는데 첩살이에 자신이 없었던지 여자는 새벽에 찾지 말라는 쪽지를 남기고 사라졌다고 했다. 예전부터 아들 노래를 달고 다니던, 드디어 오래 묵은 원을 푼 아버지는 여자가 사라지거나 말거나, 어머니의 속이 숯검정이 된 것에는 아랑곳없이 얼굴에 웃음기가 떠나지 않았다. 난리가 날 줄 알았던 어머니가 예상과 달리 조용한 것은 의외였다. 아들을 낳지 못한 것에 대한 죄책감이 패악을 부릴 심경을 위축시킨 것이거나, 어쨌거나 대를 이을 사내아이가 생겨 마음의 짐을 벗어난 후련함, 아니면 이미 벌어져 버린 일에 대한 체념 때문이었을 것이다. 머리를 싸매고 누워있던 어머니는 이삼일 지난 후 훌훌 털고 일어났다. 그러고는 아무 일도 없었던 것처럼 밭일을 나갔고 아버지와의 관계도 예전과 같았다.

순철이라니, 의아해진 얼굴로 언니와 준영을 번갈아 봤다. 수십 년을 잊고 살던 이름이었다. 언니의 입에서 나온 이름이 머릿속을 휘저어 바닥에 가라앉아 있던 기억을 떠오르게 했다. 한 번 시작된 기억은 휴지가 물을 빨아들이듯이 빠르고 선명하게 머릿속에 달라붙었다. 준영의 얼굴은 뭔가 할 말이 있는 표정이었다.

"이모, 예전에 엄마한테 얼핏 듣기로는 외삼촌이 계셨다는데 순철이라는 사람이 그분 맞죠? 얼마 전부터 계속 그분 얘기를 하세요."

평화로운 날들이 이어졌다. 아버지는 떠돌이 생활을 청산하고 읍내에 쌀가게를 차리셨고 우리도 읍내로 거처를 옮겼다. 가게는 매 4일과 9일에 장이 서는 장터 안에 있었다. 가게 앞문은 큰길로 나 있고 뒷문으로는 우리가 사는 집과 연결되어 있었다. 뒷문을 열고 마당에 들어서면 오른쪽으로 장터 뒷골목을 통하는 대문과 그 옆에 크지 않지만 감이 실하게 열리는 감나무가 있었다. 정면에는 부엌과 방 두 칸이 나란히 있어 그 앞으로 툇마루가 놓인 집이 자리 잡았고 부엌 앞에는 이전 집에서는 볼 수 없었던 수도가 놓여 있었다. 대문을 마주 보는 창고에는 언제나 곡물로 가득했고 창고 한쪽에는 작은 방도 딸려 있었다.

평화로웠지만 실체를 알 수 없는 무거운 공기가 집안을 두르고 있던 시간 속에서 나는 중학생이 되었다. 언니는 알 수 없는 이유로 진학을 하지 않고 어머니와 같이 집안일을 돌보았다. 언니의 진학 포기가 훗날 나에게 불똥이 튈지 그때는 몰랐다. 아버지는 언니가 국민학교만 마쳤으니 동생도 중학교에 가서는 안 된다는 논리로 내가 진학하는 것을 반대했다. 당시 우리 반에 중학교로 가지 않는 여섯 명 중에 나 빼고는 모두 경제적 사정 때문이었고 말도 안 되는 이유로 진학을 포기하는 것은 나 혼자뿐이었다. 담임 선생님이 찾아와 아무리 설득해도 막무가내였고 내가 며칠 동안 단식으로 시위를 해도 꿈쩍 않자 결국 어머니가 나섰다.

"귀선이 학교 안 보내는 것도 기가 찰 일인데 차선이, 말선이까지 공부를 그만 시키겠다니 내가 혀를 깨물고 죽어야겠소? 딸년 셋 다 국졸이면 참 좋은데 시집가겠고 좋은 대접 받고 살겠소. 세상이 바뀌었는데 어째 당신만 아들, 아들만 끼고 사오. 내 새끼들 공부 안 시킬 거면 나중에 순철이 학교 들어갈 때 두고 봅시다. 내가 어떻게 하는지."

언니는 교복을 입은 나를 참 부러워했다. 세일러복 형태의 감색 교복을 입고 거울 앞에서 머리를 땋고 있는 모습을 언니는 슬픈 눈으로 바라보았다. 소리를 내며 단어를 외우는 나를 언니가 걸레질을 하며 따라하기도 했는데 내가 그렇게 발음하는 게 아니라고 무시하는 티를 내면 언니는 씁쓸한 웃음을 지으며 자리를 피하였다.

중학교 다니는 나를 부러워하는 것과 다르게 언니는 도무지 바깥출입을 하지 않았다. 집 앞에는 물론 심지어는 마당과 연결

된 가게에도 나가려 하지 않았고 집에 낯선 사람이 오는 것도 극도로 꺼렸다. 그러니까 언니는 우리 가족을 제외한 다른 사람들과는 일절 접촉을 피했는데 그 정도가 심했다. 장날 볼일이 급한 장꾼들이 마당에 있는 변소 사용을 청하는 일이 있는데 그때마다 부모님이 거절하는 바람에 다툼도 종종 일어났다. 언니가 국민학교 졸업 무렵 가게에서 일하던 사내에게 몹쓸 짓을 당했었다는 것을 알게 된 것은 내가 시집가기 얼마 전이었다.

언니가 맡은 집안일 중 가장 큰 비중을 차지하는 것은 순철의 육아였다. 순철을 보는 어머니의 모습은 태풍이 아니라 서리였다. 폭풍처럼 휘몰아치거나 뜨거운 분노를 터뜨리는 대신 차가운 침묵과 날카로운 눈동자로 감정을 대신 표현했다. 순철은 감정이 섞이지 않은 말과 서늘한 시선으로 바라보는 어머니가 자기를 어떻게 생각하는지 아기 때부터 본능적으로 알아차렸다. 드문 경우였지만 어쩔 수 없이 어머니가 순철의 기저귀를 간다거나 옷을 갈아입힐 때 순철은 자지러지며 울어댔기에 언니가 여의치 않으면 나와 동생 순으로 그 일이 돌아왔다.

어머니 때문에 어쩔 수 없이 순철을 맡게 되었다고 하지만, 언니는 처음부터 순철을 예뻐했다. 만약 어머니의 행동이 달랐더라도 언니는 어머니에게 순철의 육아를 양보하지 않았을 것이다. 한번은 순철이 왜 이쁘냐고 물어본 적이 있었다. 사랑의 기운으로 충만한 둘 사이를 어머니가 탐탁지 않게 생각하는 것 같았기에 좀 적당히 하라는 핀잔이 아래에 깔린 질문이었다.

"왜라고 물어보면 나도 설명을 잘못하겠어. 그날 아버지가 있는 여관방 문을 열었는데 애가 경기하듯 울어대더라. 얼굴은 빨갛다 못해 검붉어져서. 아버지는 난처한 얼굴로 담배만 뻑뻑 피워대는데 담배 연기가 자욱해서 애가 더 난리인 것 같았어. 일단 애를 안고 밖으로 나오는데 아무 생각도 안 났어. 주인아줌마한테 가서 기저귀를 벗기니까 똥오줌이 범벅되어 있는데 아휴 그 조그만 게 얼마나 찝찝했겠어. 아줌마의 도움을 받아 씻길 때 본 조그만 고추가 참 신기하더라. 이게 뭐라고 어른들이 그 난리를 치나 싶기도 하고 말이야. 가루우유를 타서 먹이고 시키는 대로 애를 안고 트림을 시키는데 말이야. 철이가 내 가슴에 얼굴을 기대고 나를 바라보며 생글생글 웃는 거야. 그 웃는 게 얼마나 예쁜지 가슴이 막 벅차오르더라. 그 얼굴은 내가 지금까지 본 어떤 꽃보다도 예뻤어. 제 엄마가 자길 버린 것도 모르고 해맑게 웃는 모습이 불쌍하기도 해서 눈물도 흘렸지 뭐야. 이유는 잘 몰라. 그때부터 내가 우리 철이를 책임져야겠다는, 아니 내가 철이의 보호자가 될 것 같다는 예감이 들었어."

음식을 차려 놓고 언니를 테이블 곁에 끌어당겨 앉혔다. 비닐로 된 턱받이를 입히고 찹쌀과 팥으로 지은 밥을 떠서 미역국에 담갔다가 입에 가져다 대니 언니가 입을 벌렸다. 몇 번 씹지도 않고 삼킨 후 있는 힘껏 입을 벌리는 언니가 새 같다는 생각이 들었다. 짧게 잘린 잿빛 머리가 위로 향해 삐죽 솟은 것이 영락없이 막 부화하여 쪼글쪼글한 낯으로 먹이를 받아먹는 아기 새였다. 그런 언니가 귀여우면서도 처연했다. 맏딸로 태어나 일생을 가족 뒷바라지와 수발을 들다 죽음을 앞두고서야 가족으로부터 보살핌을 받는, 자기가 누군 줄도 모르고 우리가 모르는 다른 세상에 정신을 두고 있는 언니의 팔자가 서러웠다.

"또, 또."

언니는 음식에 필사적이었다. 소화가 걱정되어 수저 속도를 조금만 늦추면 팔을 뻗어 음식이 담긴 용기에 손이 갔다. 언니와 민지 둘을 동시에 밥을 먹이느라 내 입에는 젓가락이 올 기회가 없었다. 준영도 제 엄마를 붙들며 식사를 하느라 음식을 먹는 둥 마는 둥 했다.

"이모할미는 민지보다 동생이야. 선생님이 그랬어. 밥을 깨끗하게 먹는 사람이 언니라고. 이모할미는 씨앗반이야. 난 새싹반인데."

그나마 밥상을 어지르는 언니가 보란 듯이 민지가 제 그릇을 깨끗하게 비워주어서 일이 줄었다. 집에서 밥을 한번 먹이려면 그릇을 들고 뒤를 쫓아다녀야 하는 아이였는데 말이다.

준비한 음식을 가리지 않고 게걸스럽게 먹어대는 언니가 이상하게 불고기에는 입을 닫고 고개를 돌렸다. 과거에도 고기를 즐기지는 않았지만 그렇다고 싫어하거나 안 먹는 것은 아니었다.

"언니, 이 불고기도 좀 먹어봐. 우리 나이에는 소고기를 많이 먹어야 한대."

"싫어."

"왜 안 먹어? 내가 언니 먹으라고 백화점에서 산 한우로 만들었는데. 맛이 없어?"

"우리 순철이 줄 거야. 철이, 내 새끼가 소고기를 얼마나 좋아하는데."

"누가 언니 새끼래? 언니 새끼는 여기 있잖아. 준영이."

"아니야. 철이, 철이가 내 새낀데……. 고 조그만 것을 안고 요래 요래 흔들면 방긋 웃는 게 얼마나 예쁜지…… 꼭 외국 잡지에서 보는 모델 같았어. 우리 철이…… 보는 사람들마다 한마디씩 했어, 나중에 꼭 탤런트 시키라고. 여기, 우리 아기 웃는 것 좀 봐. 천사가 따로 없네. 이보다 예쁜 꽃이 세상에 어디 있을까."

언니는 입가에 밥알을 붙인 채 공중을 향해 양팔을 뻗어 마치 아기를 안아 올리듯이 흔들었다. 그러고는 팔을 굽혀 소중한 것을 품듯이 가슴으로 팔을 말아 텅 빈 두 팔 사이의 공간을 내려다보았다. 언니 눈에만 보이는 아기를 바라보는 탁한 눈은 환희와 사랑으로 가득 찬 것 같았다. 그런 제 엄마를 준영이 씁쓸한 표정으로 바라봤다.

"외삼촌 얘기는 아주 예전에 얼핏 듣기만 했어요. 엄마가 어떤 분이신지, 어떤 이유로 지금은 연이 끊어졌는지는 말씀하지 않으셨어요. 이제는 엄마가 이렇게 되셨으니, 무슨 일이 있었는지는 이모만 알고 계시겠네요."

"무슨 일은……. 나중에, 나중에 따로 얘기할 기회가 있겠지."

언니의 보살핌 덕분에 순철은 큰 병치레 없이 무럭무럭 자랐다. 나이 차이가 제일 적게 나는 말선이와는 가끔 투닥거리긴 하였지만 여느 오누이와 다름이 없었고 아버지도 대놓고 표현은 하지 않았지만 한 번씩 머리를 쓰다듬거나 뒤통수에 대고 미소를 짓는 것으로 아들에 대한 애정을 표현하곤 했다. 우리 집에서 순철을 마뜩잖게 여기는 것은 어머니, 그리고 나 뿐이었다.

순철이 집으로 왔을 때부터 나는 그 아이가 싫었다. 아버지가 다른 여자와 잠자리를 가졌다는 게 너무 불결했고 아버지 때문에 속앓이를 하는 어머니가 불쌍했다. 언니가 순철을 제 자식처럼 물고 빨고 하는 꼴이 보기 싫었고 순철과 꼭 붙어 다니는 말선도 쥐어박고 싶었다. 그리고 어머니마저도 순철의 - 아들이자 장손이라는 - 지위를 인정하며 대접하는 것이 경악스러웠다. 그런 나의 감정과는 상관없이 순철은 나를 따랐다. 내가 차갑게 대하며 순철을 밀어내도 그 아이는 어떻게 하면 내가 자기를 좋아할까 연구하는 사람처럼 눈치를 보며 나에게 다가오려고 애썼다. 그 노력의 결과가 대부분 나의 날 선 말에 마음을 베어 눈물을 찔끔거리는 것으로 끝났지만 다음날이면 또다시 '작은 누나'라며 생글거리며 다가오는 게 지긋지긋할 정도였다. 한번은 순철의 그런 마음을 이용하여 심부름을 시키거나 몸종처럼 부리기도 했는데 언니에게 들켜 대판 싸운 적도 있었다.

"야 이 나쁜 년아, 세상에서 제일 못된 게 사람 마음을 이용해서 제 욕심 채우는 거다. 에라 천하의 몹쓸 년. 너 오늘 나하고 같이 죽어보자."

목소리를 크게 낼 줄 모른다고 생각될 정도로 조용한 언니였다. 교복 입은 나를 부러운 눈으로 보며 내 눈치를 살피는 언니가 손톱을 세우고 죽자고 달려드는데 당황한 나는 '어버버' 거리다가 말도 제대로 못 하고 꼼짝없이 당할 수밖에 없었다. 언니도 이렇게 싸우는 것에 엄청난 기력을 쏟아부었는지 떨리는 목소리로 내뱉고는 다리에 힘이 풀려 풀썩 주저앉았다. 아버지와 어머니는 있는 듯 없는 듯 얌전하던 맏딸이 저렇게 흥분한 데에는 분명히 이유가 있을 거라 생각했는지 이유도 듣지 않고 나를 쥐잡듯 잡았다. 이런 상황이 황당하고 무서웠던 순철은 둘 사이에 끼어 눈물만 뚝뚝 흘리고 있었는데 나 때문에 서러워 우는 줄 알고 내 죄는 가중이 되었다. 집에서 허드렛일을 하며 학교도 안 다니는 언니를, 언제나 내 고집을 못 이기던 언니를 깔보고 무시했던 게 그날 일로 인해 사라졌다.

언니가 결혼을 하게 되었다. 혼처는 아버지가 몇 번 오가던, 서울에서 미곡상회를 하는 집이었다. 가게 일을 돕는 둘째 아들을 눈여겨본 아버지가 다리를 놓았고, 시아버지 될 사람이 거래를 핑계로 우리 집으로 와 언니를 보고는 마음에 들어 해 성사된 혼사였다. 언니의 의사와는 상관없이 혼사가 진행되면서 언니는 눈물과 한숨으로 밤낮을 보냈다. 낯선 남자와 부부의 연을 맺어야 한다는 두려움과 평생 떠나본 적 없는 집에서 나와 눈 뜨면 코 베어 간다는 서울에서 살아야 한다는 막막함, 그리고 자식처럼 키운 순철과 이별하는 슬픔이 컸다. 순철도 언니의 결혼 소식에 양 볼이 퉁퉁 부어서는 괜히 언니에게 심통을 부렸다. 언니는 그런 순철을 아련하게 바라보면서 쓸쓸한 미소로 대했다. 학교 간 사이에 언니가 사라질까 봐 등교마저 하지 않으려 했고 학교를 파하자마자 숨을 헐떡거리며 뛰어와서 언니를 확인하고는 안심하는 날이 한동안 계속되었다. 결혼식 전날, 밤중에 오줌이 마려워 변소에 다녀오는 참이었다. 변소 옆 창고의 살짝 열린 문 사이로 희미한 소리가 들렸다. 허술한 문단속 사이로 도둑고양이가 들어간 줄 알고 쫓아내려 안으로 들어갔다. 어른 키 높이로 쌓여 있는 쌀가마니를 지나 벽 쪽에 쪽창으로 들어온 달빛에 거뭇한 형체가 있었다. 구석에 쭈그리고 앉아 무릎을 파묻은 조그만 아이 형체는 내가 들어온 줄도 모른 채 훌쩍이고 있었다. 머쓱해진 나는 아이가 눈치채지 않게 뒷걸음으로 조용히 빠져나왔다. 다시 자려고 누웠는데 쉽게 잠이 오지 않았고 이런저런 생각을 하다 보니 내 눈에서도 눈물이 흘러 베개가 젖었다.

언니의 결혼 전후로 잠깐 불쌍하게 여겨졌던 순철이 다시 미워지기 시작한 건 그리 오래 걸리지 않았다. 서울에 있는 언니에게 주기적으로 편지를 쓰는 것과 언니에게 전화가 올까 싶어 전화기 근처를 맴도는 것이 미워할 이유에 추가되었다. 그리고 그 미움이 나중에 우리 집을 드리울 불행이라는 먹구름의 발단이 될 줄은 꿈에도 몰랐다.

이듬해 나는 고등학교 3학년이 되었고 대학 진학으로 또 한 번 아버지와 갈등이 생겼다. 중학교와 고등학교에 들어갈 때 내 편이 되어주던 어머니도 대학은 안 갔으면 하는 눈치를 주었다. 나는 대학에 들어가서 이 집을 빨리 벗어나고 싶었다. 아버지를 보며 느끼던 불결한 감정은 시간이 해결해 주지 못했다. 불륜의 결과물인 순철도 보기 싫었고 속은 어떤지 모르지만 아무렇지 않게 지내는 가족들도 견디기 힘들었다. 독립을 할 명분을 만들기 위해 악착같이 공부를 했고 서울에 있는 대학을 갈 정도의 성적을 유지했다. 그러나 그 노력이 허사가 될 판이었고 가족 중에 내 편은 아무도 없다는 것이 너무 서러웠다. 중학생이던 말선은 일찌감치 여상으로 진학하기로 했기에 이 집에서 나만 골칫거리였던 셈이다. 서울에 방만 얻어주고 한 학기만 도와주면 나머지는 내가 알아서 한다고 그래도 아버지의 대답은 변하지 않았다. 사정을 하다 안 되니 악에 받쳐 대들다가 아버지로부터 손찌검을 당한 것도 몇 차례 있었다. 아버지에 당한 화풀이는 그대로 순철에게 돌아갔다.

일요일이었고 늦가을에 찾아온 성급한 새벽 서리에 마당 한 쪽에 쌓아둔 김장배추에 뽀얀 살얼음이 낀 날이었다. 건조해진 하늘이 유독 파랬지만 하늘을 보고 감탄할 만큼 마음이 한가하지 않았다. 아침 밥상 앞에서부터 대학 문제로 아버지와 줄다리기를 한 후 방에서 이불을 뒤집어쓰고 오전을 보냈다. 방을 같이 쓰는 말선은 이런 분위기를 견디지 못했는지 어디론가 피신

해 가고 없었다. 점심마저 건너뛰고 누워있자니 의지와 상관없이 배가 고파왔다. 바깥에는 아무런 소리도 들리지 않았다. 아버지는 가게에 나가 있을 터였고 어머니는 지난 달 중풍이 들어 자리보전하고 있는 고모할머니께 다니러 간다는 얘기를 들은 터였다. 결국 허기를 참지 못하고 방문을 열었다. 부엌을 뒤졌으나 마땅히 먹을 만한 것을 찾을 수 없었다. 또다시 서러움이 북받쳤다. 여자라는 이유로 차별당하는 것에 화가 났고 차별의 당사자가 나라는 사실이 슬펐으며 그 차별을 나를 뺀 사람들이 당연하다고 생각한다는 사실에 외로웠다. 부엌 문턱에 주저앉아 다리 사이에 얼굴을 묻었다. 얼굴 전체에 뜨겁고 축축한 숨이 묻었다. 세상을 향해 열려 있는 것은 귀밖에 없었다. 감나무 가지에 바람이 긁히는 소리, 담벼락 아래 낙엽이 바스락거리는 소리, 대문 너머 골목에 자전거 가는 소리 따위가 들렸다. 그리고 그것들 사이에 사내아이와 계집의 웃음소리도 끼어 있었다. 언니가 시집간 후 순철 혼자 쓰고 있는 아랫방에서 들리는 것이었다. 범죄 현장을 덮치듯 방문을 열어젖혔다. 방바닥에 엎드려 책을 보며 낄낄대던 말선과 순철이 고개를 돌린 채 얼어있었다. 입엔 양과자를 문 채였다.

"그거 뭐야? 뭐냐고?"

"책은 큰언니가 순철이한테 보낸 거, 새로 나온 어린이 잡지라고……."

"또!"

"과자는, 어제 아버지가…… 순철이 먹으라고……."

순간 나를 둘러싼 모든 불행의 원인이 순철인 것 같았다. 그런 생각이 들기 시작하자 내가 할 수 있는 모든 능력을 동원하여 그 아이에게 저주를 내리고 싶었다.

"아주, 말끝마다 순철이, 순철이. 아주 귀공자 나셨네. 야 황순철, 넌 입이 없어? 어? 주둥이가 막혔냐고. 말선이가 대신 대답도 해주는 몸종이야?"

"누나 그게 아니라."

"그게 아니면 뭐? 이게 이제 말대꾸까지 하네. 모두 오냐오냐 하니까 네가 귀한 집 도련님이라도 되는 줄 아나 봐…… 첩년 새끼 주제에."

결코 해서는 안 되는 말을 내뱉어버린 후 아차 했지만 이미 엎질러진 물이었다. 두 사람의 얼굴이 하얗게 질렸다. 순철의 흔들리는 눈동자 아래에 금세 물이 고여 속눈썹에 위태롭게 매달려 있었다. 바로 사과를 해야 했는데, 최소한 거기서 멈춰야 했지만 나 또한 당황한 나머지 작은 뭉치를 굴려 더 큰 덩어리로 만들고 말았다.

"사람들이 너 때문에 우리 집에 대해 얼마나 수군대는 줄 알아? 넌 귓구멍이 막혔니? 나 같으면 쪽팔려서 집을 나갔을 거다. 네 엄마가 어디서 술장사라도 하고 있을까 봐 못 찾아가는 거야?"

듣고 있던 말선이 안 되겠던지 순철을 데리고 밖으로 나갔다.

방바닥에 있던 책을 집어 도망치듯 빠져나가는 둘을 향해 마당으로 던졌다.

"저런 잡초 같은 새끼를 꽃이라며 이뻐해 대는 언니가 팔푼이지. 꽃? 어이가 없네."

둘이 사라진 후 나도 집 밖으로 나왔다. 복잡하게 꼬인 생각들을 풀려 애쓰며 걷다 보니 읍내와 신작로 사이에 강에 다다랐고 다리 위에 오도카니 앉아 말라버린 강을 내려다보았다. 아무래도 순철에게 선을 넘는 말을 했다 싶었다. 이 일이 부모님 귀에 들어가면 경을 칠 것 같아 겁이 났다. 한편으로는 내가 이렇게 못되고 형편없는 사람이었나 자신에게 실망하기도 했다. 내가 이 모양이니 복이 나를 피해 가는 것 같았다. 집으로 돌아가자마자 순철에게 사과부터 해야겠다고 마음먹었다. 일단 사과를 하고 뒷일을 생각해 보기로 했다. 그 사이 날이 벌써 어둑어둑해졌다. 해가 진 후 공기는 다급하게 차가워졌다.

총총걸음으로 집을 향해 갔다. 집이 있는 방향의 하늘이 붉었다. 처음에 노을인 줄 알았던 하늘은 가까이 갈수록 열기가 느껴졌고 사람들의 다급한 고함도 데워진 공기에 실려 들렸다. 불길한 신호가 척추를 타고 전신으로 퍼졌고 소름이 일었다. 돌부리를 걷어차는 아픔도 모르고 집으로 달렸다. 불길한 신호는 집이 점점 가까워질수록 현실이 되었다. 창고 지붕에서 맹렬히 일고 있는 불이 가게마저 삼키려 하고 있었다. 창고 근처에는 갈 엄두조차 못 내는 사람들이 불이 가게로 번지는 것을 필사적으로 막는 중이었다. 양동이를 든 아버지가 가게로 들어가려고 해 사람들이 붙잡았다. 신발은 어디 갔는지 맨발인 아버지는 제정신이 아닌 것 같았다. 사이렌 소리가 아련하게 들려왔다.

불은 창고 전체를 잡아먹고 가게와 집을 절반씩 태우고 소방관들이 도착하고 나서야 겨우 잡혔다. 창고에 있던 곡물들은 새카만 알갱이 더미로 변했고 운 좋게 타지 않은 것들도 기름기가 빠져 퍼석거렸다. 창고에는 곡물들만 있던 게 아니었다. 머리카락이 다 타버려 민머리가 되어버린, 피부에 달라붙은 옷이 피부와 같이 녹아버린 말선이도 거기 있었다. 다행히 순철은 거기 없었다. 그러나 순철은 어디에도 없었다. 내가 사과할 기회를 주지 않은 순철은 우리 앞에 다시 나타나지 않았다. 출산을 앞둔 언니에게는 말선의 죽음과 순철의 실종을 당분간 비밀로 하기로 했다. 나중에 사실을 안 언니가 정상적인 일상을 되찾는 데 꼬박 1년이 걸렸다.

식사를 끝내고 준영이 준비해 온 케이크에 초를 꽂았다. 민지가 촛불을 끈다고 고집을 부려 어쩔 수 없이 한 번 더 불을 붙여야 했다. 우리끼리 먹기엔 케이크가 너무 커서 접시에 한 조각을 덜고 난 다음 요양보호사를 불렀다.

"아이고 아까 주신 것만으로도 감사한데 가져가서 드시지 않고요. 저번 주에도 생일 케이크를 잘 얻어먹었는데……. 잘 먹을게요."

"네? 저번 주에 누가 왔었나요?"

"남동생이라면서 찾아오셨는데, 모르고 계셨나요? 얼굴이 여동생분이랑 똑같이 생겨서 굳이 물어보지 않아도 남매구나 했었죠."

땅거미가 지고 있었다. 집으로 가는 길이 퇴근 시간과 겹쳐 앞차의 브레이크등을 쫓아 페달을 번갈아 밟았다. 오른쪽 무릎이 시큰거렸다. 뻑뻑하고 따가운 눈을 진정시키려 잠깐 눈을 감은 사이 뒤차의 경적 소리가 고막을 찔렀다. 움찔해서 비상깜빡이로 양해를 구했다. 민지는 태블릿에 틀어놓은 만화를 보며 제혼자 쫑알대고 있었다. 아이마저 보챘으면 배로 힘이 들었을 것을 생각하니 손녀에게 책 대신 태블릿을 사준 딸아이를 나무랐던 게 머쓱해졌다.

언니를 찾아온 남자의 연락처를 물어봤더니 개인정보는 함부로 알려줄 수 없다며 거부당했다. 이상한 눈으로 바라보는 요양보호사에게 그 사람이 다시 찾아오면 내게 기별해 달라고, 아니 내 번호를 그에게 알려주고 꼭 연락 기다린다고 전해 달라 부탁했다. 그래도 미덥지 않아서 간호사에게도 같은 청을 했다.

앞차에 켜진 브레이크등이 한참이 지나도 꺼지지 않았다. 기어를 중립에 놓고 페달에서 발을 뗐다. 스마트폰으로 이런저런 뉴스를 보다가 별생각 없이 달걀꽃을 검색했더니 아침에 민지가 심어놓은 꽃 사진이 화면에 떴다. 정식 이름은 개망초이지만 달걀꽃 혹은 계란꽃으로도 불린다고 했다. 노란 꽃술과 하얀 꽃잎은 똑같은데 데이지는 꽃집에서 팔리는 귀한 존재이고 개망초는 잡초로 취급받고 있는 게 새삼스러웠다. 사람의 애정에 따라 화초와 잡초로 갈리는 운명이라니.

먹구름이 낀 하늘이 낮고 무거워 보였다. 라디오에서는 오전에 들었던 협주곡의 1악장이 흘러나오고 있었다. 비장한 선율이 구름을 모으는 환상에 잠겼다. 음악에 따라 굵은 비가 보닛 위에 두둑두둑 떨어졌다.

66

천둥과 번개, 우박과 강풍이
익은 곡식을 쓰러뜨리고
두려움은 현실이 된다.

– '여름', 3악장에서 –

99

강—20250720

권선희

　오후 세 시 무렵이면 어김없이 도로를 건너 얼룩이 왔다 얼룩과 거닐던 강변은 다시 얼룩이 도로를 건너 돌아가야 막을 내렸다 도로를 건너지 못한 채 쏟아진 얼룩을 쓸어 담아 묻었다 강변에 닿지 못한, 얼룩에 닿지 못한 나의 사랑을 묻었다 이 여름을 기억할 수 없게, 깊고 어둡고 사납게, 울적하고 불안했던 우리의 한철을 묻었다 소나기가 빗금을 긋는다 사료는 금세 퉁퉁 불었다

씬Scene II – 여름, 춤

여국현

I

거침없이 날아드는 햇살 안고 빛나는 강
뿌리까지 반짝이며 물결 따라 춤추는 물풀들
강물에 머리 푼 미루나무 가지 위로 뛰어오르는 은빛 송사리
한 줄기 번개처럼 수면에 파문을 일으키며 날아가는 물총새
서로의 어깨 맞대고 수런거리는 강변의 들풀들
긴 잠에서 깬 매미의 첫 노래가 여름의 속살을 파고들 때

여름 햇살처럼, 우리
여름 햇살처럼, 우리

II

초목의 혈관 탱탱하게 부풀어 오르고
햇살은 강물과 함께 흐르는데
거칠 것 없는 바람은 서로의 등을 힘차게 떠밀고
강 건너 공단지대의 벽돌 굴뚝도 거친 숨을 뿜어
회색 연기마저 빛의 옷으로 구름과 하나 되고
갈대 사이 날개 접은 물새들 서로를 애무할 때

여류 강물처럼, 우리
여름 강물처럼, 우리

III
붉은 석양 아래 대지의 열기 품은 강물 거친 숨을 고르고
지평선 너머 달은 숨 가쁜 연인의 걸음으로 능선을 오르는데
한낮의 빛과 소음은 어둠 속 고요의 정념으로 충만하고
숨 쉬는 모든 것들의 생명으로 웅웅거리는 대기
달뜬 밤의 거친 숨소리가 먼 하늘의 별들을 깨우고
달빛은 바람을 가르며 일렁이는 강물과 몸을 섞으며
대지의 심장 깊은 곳까지 장밋빛으로 물들어 갈 때

여름 정령들처럼, 우리
여름 정령들처럼, 우리

수중극장

황종권

빛이 물속으로 쏟아지자, 우리는 서로의 얼굴을 잃었지

투명하게 빚어진 몸들이 부딪히고
불투명한 사랑일수록 명징한 음악를 남겼지

나는 무대 위 배우처럼 떨었고, 당신은 대사처럼 날 기다렸지
서로의 눈빛으로 리허설을 하고, 조명은 숨을 따라 흔들렸지

수심을 알 수 없는 감정이 우리를 삼킬 때
차라리 서로의 심장 속에서 익사하고 싶었지

끝내지 못한 키스처럼
끝나지 않는 파도처럼

사랑은 여름의 심장 속에서 끊임없이 연주되는 음악,
끝내 죽일 수 없는 물속 주인공이어서

소용돌이치던 음표들이 바다의 고백을 들려주기도 했지

키스할 때 눈을 감는 이유가 극장에 커튼을 치는 일과 같은 거라고
눈물을 견디는 눈동자와 사랑을 견디는 눈동자는 닮아있다고

바다의 말은 물보라로 사라졌지만, 물속에서 숨을 참는 버릇이 생겼지
숨이 막힐 때마다 잃어버린 얼굴이 돌아오진 않았지만,

여름은 빛의 이목구비를 붙잡고 있었지

해설 – 최정호

비발디 바이올린 협주곡 〈사계〉 중 '여름'

Vivaldi Violin Concerto 'Summer' from The Four Seasons Op. 8 No. 2

1악장 Allegro non molto(쾌활하게 지나치지 않게)

타오르는 태양 아래 사람도, 양 떼도, 소나무도 지친다.

뻐꾸기가 울고, 곧이어 산비둘기와 방울새가 노래한다.

부드러운 서풍이 불다가, 갑자기 북풍이 몰아치고,

목동은 폭풍을 두려워하며 자신의 운명을 탄식한다.

현악기군은 느리게 화음들을 나열해가며 태양 아래 모두가 지쳐있음을 표현하고, 그 후 바이올린 솔로와 첼로 솔로가 새들이 수다스럽게 대화하듯이 이중주를 펼친다. 빠르기는 하나 기분이 가라앉은 듯 단조이다. 이어서 현악기군이 어둡고 격렬한 트레몰로로써 몰아치는 북풍을 표현한다. 한바탕 바람이 불고 나면 다시 첫 느긋한 화음들로 돌아가고 바이올린 솔로는 조용히 탄식하듯 흐느낀다. 다시 격렬한 트레몰로가 나타나고 끝난다. '여름' 1악장은 5분 20여 초 동안 연주된다.

2악장 Adagio(느리게)

목동은 피로한 몸을 쉴 수 없다.
번개와 격렬한 천둥소리에,
그리고 달려드는 파리와 모기떼에 시달리느라.

바이올린 솔로가 단조로서 우울한 주제를 고요히 펼치는데, 그것을 현악기군이 방해하듯 트레몰로를 격렬하게 연주하며 번개와 천둥, 벌레들을 묘사한다. 2악장은 2분 10여 초 동안 연주된다.

3악장 Presto(빠르게)

천둥과 번개, 우박과 강풍이
익은 곡식을 쓰러뜨리고
두려움은 현실이 된다.

매우 강렬한 악장이다. 현악기군은 빠른 트레몰로로 여름의 천둥과 번개 그리고 논밭이 초토화되는 무서운 분위기를 연출하고 그 가운데서도 바이올린 솔로는 압도적인 속주를 펼쳐 보인다. 이 강렬한 3악장은 전자 바이올리니스트들도 자주 연주하는 악장이다. 3악장은 2분 30여 초 동안 연주된다.

Four Seasons: Autumn (Concerto

Arranged for Violin and

Allegro

VIVALDI

'Autumn' from The Four Seasons Op.8 No.3

QR코드를 스캔하시면
비발디 협주곡을 들을 수있습니다.

"

축제는 끝나고
평화로운 공기 속에서
사람들은 감미롭게 잠에 빠진다.

– '가을', 2악장에서 –

"

땅의 끝

반수연

진석을 만난 건 마드리드에서 팜플로나로 가는 열차 안에서였다. 진석은 테가 굵은 검은 안경을 쓰고, 연방 흘러내리는 안경을 손등으로 밀어 올려가며 달걀을 까고 있었다. 나는 복도를 사이에 두고 대각선으로 뒷자리에 앉아 지나치게 진지한 그 모습을 쳐다보며 어쩌면 그가 한국인일지도 모르겠다고 추측했다. 진석이 갑자기 내 쪽으로 몸을 돌려 깐 달걀을 내밀었다.

"하나 드실래요? 우리 나이에는 단백질이 중요하대요."

그야말로 깜빡이도 없이 훅 들어왔다. 머뭇거림이라고는 없는 진석의 한국말에 기습 공격을 받은 것처럼 당황했다. 당황한 걸 숨기느라 온화한 미소를 지었지만 타이밍이 맞지 않아 안면 근육이 찌그러지고 있는 걸 느꼈다. 나는 머쓱할 때마다 그러했듯 소중한 플라스틱 두개골을 한번 긁적거리고는 달걀을 받아들었다.

"아이고, 고맙습니다! 한국분이시군요."

"잠깐만요."

찐 달걀을 막 입에 넣으려 할 때 진석이 나를 막았다. 이거 좀 뿌려야죠. 진석이 맛소금이라는 세 글자가 선명히 박힌 봉지를 들고 다가오더니 손가락으로 봉지 끝을 톡톡 두드리며 맛소금을 달걀에 뿌려주었다. 진석이 한국에서부터 들고 왔다는 맛소금은 100그램은 되어 보였다. 저걸 여기까지 들고 오다니. 미련하달까, 지극하달까. 진석의 첫인상은 그랬다.

"순례자시죠? 오늘 생장으로 가시는 건가요?"

나는 마드리드역에서부터 생장으로 함께 갈 택시 합승객을 탐색하는 중이었으므로 진석이 반가웠다. 하루에 딱 한 대 있는 생장행 버스는 오전 열 시에 이미 떠났고, 남아 있는 교통수단은 택시뿐이고, 택시비가 사악하게도 200유로에 육박하니 함께 타고 가는 게 어떻겠냐고 나는 물었다. 진석은 버스가 하루에 한 대뿐이라는 사실도 그 버스가 이미 떠나버렸다는 사실도 모르고 있었고, 모르고 있었다는 것에 별 충격을 받지 않는 듯했다.

"제가 여기서 선생님을 만난 것이 말로만 듣던 순례길의 기적이군요!"

게다가 진석은 쉽게 기적을 체험하는 유형이었다. 뭐든 의심하고 보는 나와는 중늙은이라는 걸 빼면 접점이라고는 없어 보였다.

열차가 팜플로나에 멈추자 커다란 배낭을 멘 비슷한 옷차림의 순례객들이 한꺼번에 플랫폼으로 쏟아져 나왔다. 나는 갑작스레 인파에 휩싸여 가야 할 방향을 잃었고, 잠깐이었지만 눈 앞이 뿌옇게 변해 아무 것도 보이지 않았다. 암담했다. 그런 상태로 먼 길을 가야 한다는 사실이 두렵기도 했다. 여기요! 어느새 무리를 헤치고 앞으로 나아간 진석이 나를 향해 깃발을 흔들 듯 손을 흔들어댔다. 역 앞에는 택시들이 줄지어 늘어서서 승객을 기다리고 있었다. 낡은 벤츠를 모는 택시 기사는 얼굴 가득 미소를 머금고 우리를 맞아주었지만 영어를 전혀 할 줄 몰랐고, 나는 아들이 깔아준 듀오링고 앱으로 한 달 동안 스페인어 공부를 했지만 목적지를 말하는 것에서부터 난관에 부딪혔다. 왼쪽 눈을 찡그리며 구글 맵에 미리 입력해 둔 알베르게의 주소를 내밀었다. 그제야 택시 기사는 씨, 씨, 하며 고개를 격렬히 끄덕였다. 진석은 구경꾼처럼 흥미진진한 표정으로 택시 기사와 나를 번갈아 쳐다보다가, 트렁크를 열더니 배낭을 풀어 실었다. 몸이 마음보다 재빠른 인사였다.

진석과 택시에 나란히 앉았다. 말없이 가자니 어색했고 말을 섞자니 피곤했다. 차는 오래된 도시의 돌길을 덜컹거리며 지나가고 있었다. 길 양옆 중세 건물의 작은 발코니에는 철 지난 베고니아가 붉게 피어 늘어져 있었다. 팜플로나는 하얀 셔츠를 입고 빨간 스카프를 한 건장한 남자들이 거친 소를 모는 산 페르민 축제가 열리는 도시였다. 언젠가 축제 장면을 TV에서 본 적이 있었다. 2층 발코니에서 흥에 겨운 축제 인파를 내려다보며 느긋하게 와인을 마시던 노인의 얼굴에서 오랜 친구의 그것처럼 친근함을 느꼈다. 알지 못하는 존재에게 느끼는 친근함은 기이했지만 확고했고, 어쩌면 그 때문에 이 길을 나설 엄두를 냈는지도 몰랐다.

팜플로나는 나바라 왕국의 수도였다. '헤밍웨이가 사랑했던 도시 팜플로나'라는 내레이터의 말에 이 도시를 배경으로 쓴 소설『해는 또다시 떠오른다』가 기억났다. 그걸 읽던 시절이 있었다. 전쟁에서 크게 다쳐 성기능을 잃은 주인공 제이크. 그 때문에 사랑을 이루지 못했던 가여운 청년. 나는 플라스틱 두개골을 만져가며 제이크와 함께 딸려 나오는 기억들을 힘겹게 떠올리곤 했다. 무덤 속의 유물처럼 조심스레 먼지를 털어낸 후에야 조금씩 정체를 드러내는 기억을 대면하는 일은 언제나 극심한 피로를 불러냈다.

그르릉. 진석의 코 고는 소리에 화들짝 놀라 어깨가 들썩했다. 호들갑스럽게. 아내는 종종 말했다. 뭘 그리 놀래요. 호들갑스럽게. 나는 고개를 돌려 진석을 보았다. 진석은 크로스 백을 베개 삼아 깊은 잠에 빠졌다. 차가 흔들릴 때마다 크로스 백에 달린 열쇠고리가 딸랑거렸다. 열쇠고리 속엔 너무 작아 뚜렷이 보이지는 않는 사진이 들어 있었다. 진석이 푸우하고 숨을 내뱉을 때는 콧수염이 미세하게 흔들렸다. 택시 기사는 창밖을 바라보며 "카우! 파이팅! 페스티벌!" 이라고 소리쳤다. 그가 가리키는 방향으로 고개를 돌렸다. 차가 돌담이 높은 원형경기장을 지나가고 있었다. 이곳에서 축제 기간 투우 경기가 열린다는 말인 듯했다. 그는 이얏! 이얏! 기합 소리를 냈다. 팔을 이리저리 돌리며 투우사 흉내를 내고 있었다. 날카롭게 뻗은 뿔을 앞세우고 돌진하는 근육질의 거대한 소와 붉은 천으로 그를 유혹하는 노련한 투우사. 둘사이 흐르는 팽팽한 긴장감. 투우사의 절제되고 우아한 몸놀림이 아름답다는 생각을 한 적이 있었다. 내면의 두려움을 다루는 방식이 부러웠던 건지도 몰랐다.

생장에 도착했을 때 진석은 딸이 예약해 둔 '51번 알베르게'를 찾아갈 거라 했다. 51번은 알베르게 이름이 아니라 주소라고 내가 말했다. 진석이 크게 소리 내어 웃었다. 공평하게 택시비를 반반씩 지불하고 그는 언덕 위의 알베르게를, 나는 예약해 둔 성 밖의 알베르게를 찾아 헤어졌다.

＊

"첫날 걸어야 할 길은 27킬로미터쯤 됩니다. 제일 힘든 날이죠. 첫날만 잘 견디면 다 괜찮을 거예요."

순례자 사무실의 다정하고 늙은 봉사자가 말했다. 그녀의 왼쪽 손이 눈에 띄게 떨렸다. 머리도 조금씩 흔들렸다. 거기에 시선을 빼앗겨 자꾸만 그녀의 말을 놓쳤다. 그녀는 안내문의 지도에 사인펜으로 선을 그었다. 오른쪽으로 구부러진 길에는 화살

표를, 직선 길에는 X표를 그었다. 이 길로는 절대로 내려가지 마세요. 아주 위험한 길이에요. 그녀는 자신의 말을 이해했는지 알아보려는 듯 동그랗게 눈을 뜨고 내 눈을 바라보았다. 그녀의 표정이 사랑스러워 저절로 미소가 지어졌다. 그녀가 가리킨 탁자 위엔 순례자를 위한 가리비가 놓여 있었다. 하얀색에 붉은 기가 도는 가리비 하나를 골라 배낭에 매달았다.

순례자 사무실을 나와 밥 먹을 식당을 찾다가 오르막을 오르고 있는 진석을 다시 만났다. 진석은 순례자 여권인 크리덴셜을 만들기 위해 사무실에 가는 길이라고 했다. 방금 내가 빠져나온 사무실이었다. 따라 들어가 그를 도와야 할까. 잠깐 망설였지만 작별 인사를 하고 돌아섰다. 기필코 혼자 걷자 마음 먹었던 길이었다. 누굴 돌볼 형편도 아니었다. 지금 잘못 발을 디뎠다가는 40일 내내 성가시게 될 게 뻔했다. 알베르게로 돌아와 양말과 팬티에 비누칠해서 뿍뿍 치대어 빨았다. 평생 별로 해보지 않은 일이었다. 800킬로미터의 길을 걷는 내내 평생 별로 해보지 않은 걸 하게 될 터였다. 긴장과 두려움 속에서도 그 사실이 조금 흥분되었다. 빨래를 널고 마당 한쪽에 놓인 의자에 앉았다. 마당에 비치된 스피커에서 슈만의 피아노 소곡이 흘러나왔다. 〈트로이메라이〉였다. 샌프란시스코는 몇 시쯤 되었을까. 아들 녀석이 이 곡을 연주할 때면, 나는 더 집중하기 위해 눈을 감았다. 아들의 연주 포스터에는 한국계 미국인이라는 수식이 암호처럼 작게 박혀 있었다. 진석에게 전화번호라도 주어야 했을까. 진석이 준비 없이 이 길에 들어섰다는 게 귓속의 벌레처럼 성가셨다.

*

어둠이 눈에 익기를 기다려 천천히 몸을 일으켜 세웠다. 잠에서 깨어나 갑자기 자세를 바꾸면 어지럼증이 몰려왔다. 온몸에 멍이 떨어질 날이 없었다. 의사는 어지럼증보다 넘어져서 다치는 부상이 더 위험하다고 거듭해서 경고했다. 창가로 다가가 밖을 내다보았다. 부슬부슬 비가 내리고 있었다. 길 위의 낙엽이 가로등 불빛에 번들거렸다. 오늘치 약을 털어 넣고 물을 삼켰다. 침대에 걸터앉아 침낭의 끝을 잡고 커버 속으로 한 줌씩 옮겨 넣었다. 사르륵사르륵. 침낭과 커버가 부딪치는 소리가 적막을 깼다. 위 칸에서 자던 젊은 남자가 신경질적으로 몸을 뒤척였다. 누군가는 경고하듯 마른기침을 했다. 아직 아무도 실내등을 켜지 않았다. 5시 5분. 움직이기에 너무 이른 시간인지도 몰랐다. 소리 내지 않으려 움직임에 더 주의를 기울여봤지만 소용없었다. 모든 감각이 청각으로 모였고 그럴수록 소리는 자라났다. 아무리 소리를 질러도 누구에게도 닿지 않던 공간이 불쑥 떠올랐다. 지나치게 선명하게. 오랫동안 흐릿했던 장면이었으므로 그 선명함이 밤새 내가 공들여 지어낸 거짓말 같기도 했다. 하필 낯선 알베르게에서였다. '하필'이 아닐 수도 있었다. 기억도 살아 있는 거라서 떠오르기에 안전한 공간을 찾는 건지도 몰랐다. 나는 배낭과 침낭을 가슴에 안고 발뒤꿈치를 들고 복도로 걸어 나 갔다. 내 또래의 서양 여자가 먼저 나와 짐을 싸고 있었다. 우리 는 걷기도 전에 미리 피로가 내려앉은 얼굴로, 입 모양으로만 굿 모닝을 주고받았다.

침낭을 제일 아래 넣기 위해 어젯밤 꼼꼼히 싸두었던 배낭을 다시 풀었다. 가벼운 건 아래, 무거운 건 위에. 당신 몸무게의 10 퍼센트는 7킬로그램이야. 아내는 짐을 싸는 내 옆에서 잔소리를 해댔다. 내가 퇴직한 후 어쩐 일인지 아내는 나날이 젊어졌다. 어디 봐! 8킬로그램이잖아. 하여튼 당신은 사기꾼 기질이 있다 니까! 이민자들이 모이는 한인교회에서 언니 집에 놀러 온 스물 여섯의 아내를 처음 만났다. 그때 내 나이는 서른여섯이었다. 몇 번의 데이트에서도 내 플라스틱 두개골의 존재를 고백하지 않았 다는 이유로 아내는 종종 내게 사기꾼이라고 쏘아붙였다. 당신 도 가슴이 짝짝이라는 거 말하지 않았잖아. 나중에는 맞받아치 기도 했다. 아내는 꿈쩍하지 않았다. 언제부터인가 내 말은 타격 감이 별로 없었다. 그래도 젊어지는 아내가 싫은 것만은 아니었 다. 은행, 세금, 병원, 집 안팎의 자잘한 일들. 평생 내가 해온 것 들을 슬그머니 아내에게 밀어주고 나니 세상 편안했다. 공항에 서 내게 손을 흔드는 아내를 보며 어쩌면 아내나 나나 내가 없는 세상을 준비하는 건지도 모르겠다는 생각이 들었다.

*

비는 그쳤지만 비탈진 돌길은 미끄러웠다. 무릎을 조금 구부리고 종아리에 바짝 힘을 주었다. 앞서 내려가는 늙은 여자의 발걸음이 단단해 보였다. 그 모습이 묘하게 위안을 주었다.아치형의 돌다리 위에 서서 가로등에 비친 강물을 들여다보았다. 강을 향해 고개를 숙이고 거친 강물에 떠내려가지 않으려 안간힘을 쓰는 물풀을 바라보았다. 풀은 물속에서도 단풍 들고 바래졌다. 이 길을 걷지 말아야 할 이유는 수없이 많았지만 나는 걷기로 했다. 이제 볼 수 있는 각도는 90도도 되지 않는다. 오른쪽으로 치우친 90도. 왼쪽은 뭐랄까. 깜깜해진다기보다는 불투명해진다는 게 맞을 것 같다. 고개를 수시로 왼쪽으로 돌려가며 앞을 살폈지만 늘 별안간 뭔가가 나타났다. 기둥이거나, 건물의 벽이거나, 가로수거나. 사람일 때도 있었다. 상대의 속도와 나의 속도가 부딪힐 수밖에 없는. 그러므로 사람이 제일 위험했다. 위험을 줄이기 위해 속도를 줄여야 했지만 쉽지 않았다. 웬일인지 나는 자주 시야가 반쪽이라는 걸 잊었다. 무의식은 내가 보는 게 고작 반쪽이라는 걸 인정하지 않는지도 몰랐다. 가끔은 고집 센 무의식이 마음에 들었다.

눈도 보이지 않는 양반이 어딜 가냐고 아내는 타박했다. 보이는 눈으로 걷겠다고 말했다. 조금 허세가 섞인 답이었지만 거짓은 아니었다. 의사는 45년 전에 다친 뇌가 원인이라고 했다. 진짜 문제는 시야가 점점 더 좁아진다는 사실이었다. 어느 날엔 완전히 닫힐 수도 있었다. 아내와 나는 그 말을 피해 가며 그 뜻을 전달했다. 의심과 불안이 없을 리 없었다. 하지만 그 때문에 가지 않을 수는 없었다. 도무지 미룰 수 없는 시간이 온 것이다. 어떤 이유도 변명이 되는 시간. 가을이 지나면 겨울이 오지만 겨울이 온다고 다시 봄이 오지는 않는다는 걸 문득 깨닫게 되는 시간. 당신 죽으러 가는 거야? 아내는 화를 냈다. 죽기 위해 가는 길이 아니라 살아 있으니까 가는 길이라고 아내를 달랬다. 나는 타국의 하늘 아래서 너무 오래 엎드려 숨죽이며 살았다. 엎드려 숨죽였으므로 살아졌는지도 몰랐다. 아무 일도 일어나지 않는 삶에 도달하기 위해 애썼다. 그건 아내도 인정했다. 그런 내가 가끔은 대견했다. 27년을 공부했고 30년을 일했다. 4년 전, 대부분의 것들에서 놓여났다. 그 끝에는 당연히 안식이 기다리고 있어야 했다. 웬일인지 회한의 쓴맛이 입에 자주 감돌았다. 헤쳐 나갔다고 생각했던 생이 평생 도망이었다는 자각. 그런 자각은 나를 조급하게 했다.

　나는 복잡한 생각을 쫓아내기라도 하듯 등산 스틱으로 땅을 탁탁 짚었다. 단단한 돌의 저항이 든든했다. 이제 회한은 에너지가 되어야 했다. 마을의 불빛을 등 뒤에 남겨둔 채 어둠 속으로 쩌벅쩌벅 걸어 들어갔다. 보이지 않는 저곳에 오늘 넘어야 할 거대한 산이 있을 것이었다. 헤드 랜턴의 불빛이 무대 위의 스폿 조명처럼 동그랗게 모였다. 둥근 불빛의 중심으로 발을 옮겼다. 한 걸음 다가가면 불빛도 한 걸음 나아갔다. 단순하고 명쾌했다. 이거면 됐다.

＊

듣던 대로 길은 쉽지 않았다. 숨이 목에까지 차올랐고 어지러웠다. 어깨가 무거웠고 다리가 후들거렸다. 그럴 때마다 몸을 돌려 올라온 길을 바라보았다. 날이 밝아지자, 앞에도 뒤에도 순례객들이 보였다. 어쩌면 어둠 속에서도 그들은 있었을지도 몰랐다. 혼자서. 둘이서, 셋이서. 가파른 언덕을 오르는 사람들은 가쁜 숨을 몰아쉬며 땅만 보고 걸었다. 눈이 부딪히면 "부엔 까미노!"라고 인사했다. 첫날이라 모두 조금씩 어색했다. 진석은 출발했을까.

"영어는 정말 잘하시겠어요."

샌프란시스코에서 이민자로 42년을 살고 있다는 내 말을 듣고 진석이 부러운 듯 말했다. 진석은 오랫동안 군인이었다가 퇴직금으로 동해가 보이는 어디에 편의점을 열었다고 했다. 이제 그마저 딸에게 물려주고 길을 나섰다고 했다. 나는 군인이었다는 그에게 약간의 거부감을 느꼈다. 본 적이 없다는 걸 알면서도 그의 얼굴을 자세히 살펴보았다.

고도가 높아지자, 겹겹의 산 능선이 발아래로 보였다. 오르막을 끝도 없이 오른 것 같은데 뜻밖에 산 위에는 양과 말과 소가

풀을 뜯는 초원이 펼쳐져 있었다. 그곳은 비현실적으로 평화로 웠다. 천국에나 있을 법한 광경이었으나 나는 너무 지쳐 거기에 온전히 머물 수가 없었다. 수많은 사람들이 나를 앞질러 갔다. 정오가 지났을 때는 주위에 사람들이 표나게 줄었다. 간혹 비가 흩뿌렸지만, 비옷을 입을 정도는 아니었다. 어느 순간 화창하게 날이 갰다. 젖은 풀밭에 비옷을 펼쳐놓고 앉아 샌드위치를 먹었 다. 딱딱한 바게트 속에 든 하몽은 지나치게 짰다. 아무런 표지 가 없는 스페인 국경은 싱거웠다. 산악회에서 왔다는 한 무리의 한국인들이 단체 사진을 찍느라 시끌벅적하더니 순식간에 사라 졌다. 산 정상에서 아래로 보니 솜이불처럼 두꺼운 안개가 깔려 있었다. 어지러워 그 위에 드러눕고 싶었다. 자작나무가 우거진 숲으로 들어가자, 급한 내리막이 시작되었다. 나뭇잎까지 수북 이 떨어져 길을 덮어버렸다.

땀이 너무 흘렀다. 흘러내린 땀이 자꾸만 눈으로 들어갔다. 눈 앞 풍경이 조각조각 잘려서 하나로 이어지지가 않았다. 입체감 이 사라졌다. 어둠보다 안개가 더 난감했다. 어둠에 잠식된 시 각은 다른 감각을 살아나게 하지만, 안개는 모든 감각을 삼켜버 렸다. 나는 물속에 잠긴 듯 허우적댔다. 낙엽을 밟고 미끄러졌 다가 나무 뿌리를 잡고 겨우 멈췄다. 살려달라고 소리를 질렀던 가. 내 목소리가 나를 미치게 했다. 조금씩 뭔가가 내 안에서 빠 져나가고 있었다. 날카로운 비명과 바이올린 소리가 망가진 카 세트 테이프처럼 뒤엉켰다. 나는 모로 누워 무릎을 감싸 안았다.

한기가 몰려왔다.

　사방이 막힌 콘크리트 방이었다. 소리가 통과하지 않는 방이었다. 그 방에서 스물셋의 나는 무엇도 말하지 않기 위해 혀를 깨물었다. 아무것도 듣지 않기 위해 귀를 닫았다. 그러는 사이 두개골이 부서졌고 안면 근육이 매몰되었다. 갈비뼈 여섯 개가 금이 갔다. 버티지 말아야 했을까. 그랬다면 온전한 육신을 가질 수 있었을까. 짐짝처럼 처박힌 나를 두고 그들은 일상을 말했다. 중년 남자는 곧 대학생이 될 외동딸 이야기를 했다. 딸은 바이올린으로 대학에 지원할 거라 했다. 내가 다니고 있던 대학이었다. 벌써 가을이 왔던가. 5월이 지나 가을이 되었는가. 여름의 기억도 없는데. 그들의 대화를 들으며 밖의 계절을 상상했다. 중년 남자는 취조를 녹음하던 녹음기에서 테이프를 빼내고 딸의 연습 연주 테이프를 꽂았다. 빠르고 날카로운 도입부를 지나 부드럽고 온화한 평원으로 이어졌다. 초록이 물결치는 평원에 말이 달렸다. 와우, 정말 잘하는군요. 내 딸도 이리 예쁘게 자랐으면 좋겠어요. 젊은 남자의 말은 역겨웠다. 열린 귀로 가차 없이 밀고 들어오는 소리는 명징했고 서러웠다. 마침내 정화된 후의 아늑함. 견뎌낸 후의 충만함. 잔인하게도 바깥세상이 너무 그리웠다. 그래서 나는 살기로 했던가.

　누군가가 나를 흔들어 깨웠다. 남자와 여자였다.
　"아무래도 당이 떨어진 것 같아요. 뭘 좀 먹어야 해요."

여자가 초콜릿과 콜라를 꺼냈다.

"몸이 다 젖었어요."

남자는 자신의 재킷을 입혔다. 호주에서 온 순례객이라고 젊은 부부는 자신들을 소개했다. 초콜릿 덕분인지 정신이 좀 들었다. 그들을 따라 한 걸음 한 걸음 내려왔다. 남자는 종종 내 팔을 붙잡고 방향을 알렸다. 알베르게에 도착했을 때 날이 어둑해지고 있었다.

"혹시 갈림길에서 직진하셨어요?"

누군가 내 꼴을 보고 짐작했다. 순례자 사무실 다정한 봉사자가 절대로 내려가지 말라던 그 길을 갔던 것은 그냥 우연이었다.

*

닷새 뒤 진석을 다시 만났다. 언덕을 내려와 성당으로 이어지는 돌다리 위에서였다. 진석은 짙은 국방색 면 재질의 반팔 차림에 선글라스를 쓰고 양말과 신발을 벗은 채로 강을 향해 앉아 있었다. 새벽에는 제법 쌀쌀했지만 정오의 더위는 한여름처럼 뜨거웠다. 발의 상태는 엉망이었다. 첫날부터 네 군데에 물집이 잡히더니 닷새를 걷는 동안 물집은 조금씩 커졌다. 매일 밤 바늘로 물집을 터트리고 짜냈다. 다음 날 걷고 나면 더 깊은 피부층에 물이 고이며 다시 부풀어 올랐다. 걸음을 내디딜 때마다 뒤꿈치가 쏨벅거렸다. 작은 돌이 촘촘히 깔려 있는 길은 딱딱했다. 신경은 온통 통증에 모였다. 나는 점점 더 작고 단순한 동물이 되어갔다. 거기에 뜻밖의 쾌감이 있었다. 오르막과 내리막이 끝도 없이 반복되었다. 넉넉한 사이즈의 신발을 신었지만 발이 찐빵처럼 부풀어 신발을 신고 벗기가 힘들었다.

"진석 씨는 발 괜찮아요?"

진석의 옆에 앉아 발을 말리기 위해 신발을 벗었다.

"평생 딱딱한 군화에 단련이 됐는지 물집은 없습니다. 제가 한번 살펴볼까요? 말뚝 박기 전에는 잠깐 의무병이었던 적도 있어요. 행군 때 부대원들 물집을 많이 짰더랬죠. 그게 덧나면 곪아요. 이렇게 더운 날엔 아물기가 더 어렵죠. 물집이 결국 마찰열 때문에 생기는 거거든요."

진석은 마찰열을 설명하려는 듯 손바닥을 비볐고 나는 얼른 양말을 신었다. 발을 맡길 사이는 아니었다.

"힘은 드는데, 참 아름답죠? 이렇게 앉아 흐르는 강을 보고 있자니 집사람 생각이 나네요. 집사람이 보면 좋아했겠다 싶어요."

진석이 말했다.

"부부 사이가 좋은 모양입니다. 같이 오시지 그랬어요. 저는 잔소리 안 들으니 살 것 같은데요. 허허."

"아내는 저세상으로 떠났어요. 오늘이 딱 3년 되는 날입니다."

진석은 아내가 생전에 이 길을 꼭 걸어보고 싶어 했다고 말하며 크로스 백에 달린 열쇠고리를 보여주었다. 나는 사진을 자세히 보기 위해 왼쪽 눈을 가렸다. 잘 보이진 않았지만 웃고 있는 것만은 확실했다.

"3년을 꼬박 간호했어요. 좋다는 약은 다 구해 먹였고요. 그래도 죽더구면요. 그래서 죽었나 그 생각도 들고요. 아, 저기! 저기 좀 보세요!"

진석이 하던 말을 멈추고 막 언덕을 내려오는 두 남자를 가리켰다.

"어제 같은 알베르게에서 묵었는데요. 세상에, 한 사람이 맹인이더군요."

붉은 재킷과 초록 재킷을 입고 걸어오는 두 남자의 손목은 검은 천으로 함께 묶여 있었다. 둘 다 선글라스를 끼고 있었고 같은 등산화를 신었다. 며칠 전 지나왔던 '악마의 등뼈'라 불리던 내리막이 떠올랐다. 피아노 건반처럼 쪼개져 세로로 단차가 있던 거친 바윗길에서 앞서 내려가던 노인은 발목이 꺾이며 굴렀다. 첫날 알베르게에서 인사를 나눈 프랑스 남부 출신의 노인이었다. 사람들이 달려가 그를 일으켜 앉혔다. 노인의 이마에 붉은 피가 흘렀고, 얼굴이 파리했다. 얼마나 오랫동안 벼르다가 이 길을 왔을까. 시카고에서 왔다는 청년 셋이 번갈아 노인을 업고 구급차가 올 수 있는 도로까지 내려왔다. 노인이 배낭과 함께 구급차에 실려갔다. 그 모습을 보자 나도 두려웠다. 숨이 가빠지고 심장이 터질 듯이 뛰었다. 한동안 길바닥에 주저앉아 움직이지 못했다. 두 남자는 도대체 어떻게 '악마의 등뼈'를 내려왔을까. 그들이 가까워지자 초록 재킷을 입은 남자가 하얀 지팡이로

길을 더듬는 게 보였다. 어쩜 저리 보폭이 똑같죠? 진석은 그게
신기한 모양이었다.

두 남자는 우리가 앉아 있는 벤치 앞에서 멈춰 섰다. 붉은 재
킷은 오전에 내린 소나기로 강물이 불어났고, 강을 향해 가지를
늘어뜨린 버드나무 이파리가 4월의 개나리색처럼 곱다고 말했
다. 초록 재킷은 4월의 개나리색을 기억하고 있을까. 초록 재킷
은 뭐가 보이는 것처럼 강을 향해 얼굴을 돌렸다. 나도 초록 재
킷처럼 고개를 돌리고 눈을 감았다. 그가 보이지 않는 것에서 보
는게 너무 궁금해서 붙잡고 물어라도 보고 싶었다.

"사진 한 장 찍자."

초록 재킷이 말하자 붉은 재킷이 내게 사진을 부탁했다. 전화
기를 가로 세로로 돌려가며 여러 장의 사진을 찍었다. 사진을 찍
는 동안 초록 재킷의 눈을 보려 애썼다. 검은 선글라스에 가려진
그의 눈은 보이지 않았다. 초록 재킷이 땡큐, 땡큐 하며 내 쪽으
로 손을 내밀었다. 그의 손이 깜짝 놀랄 만큼 부드러웠다.

"볼 수도 없는 사진은 찍어서 뭐 하려고 그러는 걸까요. 그나
저나 무슨 사이로 보이나요? 형제? 아니면 친구?"

멀어져가는 뒷모습을 보며 진석이 그들에게 묻지 못한 말을
내게 물었다.

"고용한 가이드일지도 모르지요."

초록 재킷의 반바지 아래 섬세하게 발달한 종아리 근육을 쳐
다보며 나는 말했다. 초록 재킷은 누군가의 도움을 받아 정기적

으로 몸 관리를 받을 만큼 생활에 여유가 있는 사람일 거라고 나는 짐작했다.

*

생장에서 산티아고까지 순례길 800킬로미터를 기필코 혼자 걸어 내리라던 결심은 며칠 사이에 흐릿해졌다. 통증과 피로와 싸우느라 그런 결심은 우스울 지경이었다. 무엇보다 혼자 걷는 길은 참으로 길고 지루했다. 말동무라도 있으면 좀 나을까. 항생제 연고를 사용한 후 물집은 많이 좋아졌지만, 종아리 아랫부분 통증이 심해졌다. 나는 여전히 절뚝거렸다. 피로 골절이 온 모양이라고, 무조건 쉬어야 한다고 알베르게에서 만난 브라질 출신의 전직 의사는 말했다. 완주하지 못할까 봐 두려웠다. 완주하지 못하면 오랜 열망의 순도를 의심 받을 것이었다. 나는 그걸 어떻게 견딜 수 있을까. 여기서 멈추면 다시는 기회가 없을 거란 건 알았다. 진통제를 먹고도 끙끙 앓다가 겨우 잠드는 날이 이어졌다. 그 때문인지 오랫동안 피해 다닌 통증의 기억들이 밤마다 떠올랐다. 제일 일찍 출발했지만 낮이 되면 대부분의 순례객이 나를 앞질러 갔다. 사방을 둘러봐도 아무도 보이지 않는 순간이면 낯선 행성에 뚝 떨어진 기분이 들었다. 한여름 들판을 노랗게 물들였을 해바라기는 검게 변했고, 검게 변한 채 쓰러지지도 않고 줄 맞춰 서 있는 게 꼭 좀비 같아서, 그 좀비들이 일제히 나를 향해 달려들 것 같아서 등골이 서늘했다. 그럴 땐 이어폰에서 흘러나오는 노래를 큰 소리로 따라 불렀다. 그렇게라도 두려움을 견뎌보려는 내 꼴이 우스워 깔깔 웃었다. 웃다보니 너무 웃어 오줌이 찔끔 새기도 했다. 남자는 전립선이지! 아내의 농담이 그리웠다. 추수가 끝난 텅 빈 밀밭에서 봄날의 초록 물결을 떠올리기는 쉽지 않았다. 봄이면 붉은 양귀비가 지천으로 핀다는 곳이 이 어디쯤이었던가.

유난히 해바라기 밭을 많이 지나쳤던 날 진석을 다시 만났다. 진석은 올리브 나무 아래 작은 벤치에 앉아 맨발을 등산화에 올리고 달걀을 까고 있었다. 전 일정의 숙소를 예약하고 출발한 나와는 달리 진석은 첫날을 빼고 어떤 예약도 하지 않았다. 걷다가 지치면 아무 알베르게나 들어가서 자려고 했다. 많이 걷고 싶으면 많이 걷고, 힘들면 멈추겠다고. 그게 자유롭기도 하고 순례자의 정신에 맞을 거라고 그는 말했었다. 그러나 현실은 그리 낭만적이지 않았다. 선착순인 공립 알베르게에 도착하면 침대가 이미 다 찼을 때가 많았다. 어떨 땐 다섯 군데를 돌아다니다가 날이 어두워져 체육관에서 쪽잠을 자기도 했고, 숙소를 찾아 40킬로미터를 걷고는 이틀을 앓아눕기도 했다. 그러는 바람에 그보다 짧은 거리를 걷던 나와 다시 만나게 된 것이었다.

"몇 번 그런 일을 겪고 나니 하루 종일 숙소 걱정만 하게 돼요. 나를 앞서가는 순례자들이 모두 경쟁자처럼 느껴지기도 하고. 저놈보다 먼저 가야 침대가 있을 텐데 싶으니 무리해서 걷게 되고. 그래도 못 따라잡으면 그들을 미워하다가 결국 나를 미워하게 되더라고요. 이러니 무슨 마음의 평화가 있겠습니까."

예약을 두어 번 부탁했던 한국 청년이 슬슬 진석을 피하더라는 말을 들었을 때는 나도 화가 났다. 내가 예약한 숙소에 왓츠앱으로 연락해서 진석의 침대를 확보했다. 알베르게에 도착하면 진석이 마트에서 장을 보고 공용 부엌에서 저녁 식사를 만들었다. 서양 음식은 영 입에 맞질 않아서요. 그나마 달걀에 감자를 넣어 구운 토르티야는 입에 맞아 1주일을 연달아 먹었는데 이젠 쳐다보고 싶지도 않아요. 진석은 배낭에서 갖가지 한국 양념을 꺼내며 말했다. 어떤 날에는 고추장을 풀고 닭볶음탕을 만들어 이탈리아 남자와 헝가리 여자를 초대했다. 납작한 정어리 통조림으로 찌개를 끓이기도 하고, 동전 육수로 국물을 내고 밀가루를 치대서 수제비를 만들어주기도 했다. 매일 포도주를 앞에 놓고 진석과 나는 함께 식사했다. 진석이 벙커 베드의 위 칸에 누워 금세 코를 골며 깊은 잠에 빠졌고, 나는 뒤척이다가 이어플러그로 귀를 막고서야 겨우 잠들었다. 아침이 되면 진석이 라면 국물에 누룽지를 삶아 놓고 나를 흔들어 깨웠다.

*

진석은 자꾸만 시야 너머로 사라졌다. 진석이 사라지면 나는 허둥댔다. 동행을 잃는 것은 길을 잃는 것과는 다른 공포가 있었다. 잃어버린 게 아니라 버려진 것 같은 과장된 공포였다.

"어디 있어요? 진석 씨. 어디에 있어요?"

겁에 질려 떨리는 내 목소리에 짜증 났다. 두려움을 인정하기 싫어 화를 냈다. 더 빨리 걸어서 따라잡을 수는 없었다. 빨리 걸어지지 않았다. 마음과 몸의 속도가 다른 건 절망스러웠지만, 나는 절망을 쉽게 입에 올릴 수 있는 나이가 아니었다. 출발 전 진석에게 속도를 조금 줄여 달라 부탁했다.

"천천히 걷는 게 정말 힘드네요. 노력은 하고 있는데요."

진석의 변명은 기막혔다.

하늘이 갑자기 검어지더니 비가 후드득 떨어졌다. 듣던 대로 순례길 날씨는 종잡을 수가 없었다. 하루에도 몇 번이고 비옷을 입었다가 벗었다. 비까지 내리니 시야는 흐렸고 집중력도 떨어졌다. 좁아진 시야 너머로 이상한 이미지가 비집고 들어와 나를 혼란스럽게 했다. 바위에 기대 배낭을 뒤졌다. 비옷을 꺼내야지. 만나면 혼쭐을 내줘야겠다. 무식한 군바리 자식. 이건 폭력이라고. 내일부터 반드시 혼자 걷겠다. 숙소 예약을 못 해도, 주문을 제대로 못 해서 토르티야만 먹어도 내 알 바 아니다. 나는 분노의 힘이라도 빌어보려 보복의 언어를 떠올렸다.

"형님, 너무 안 오셔서 걱정했어요. 길 좀 미리 봐두려고 서둘러 갔어요."

접어진 비옷을 탈탈 털어 펴서 머리 위로 둘러쓰고 있을 때 진석의 목소리가 들렸다. 안도와 짜증이 동시에 밀려왔다.

"형님이라고 부르지 말아요! 누가 형님이에요, 지금. 길은 지도에 다 나와 있잖아요! 지도 따라가면 되는걸. 뭘 미리 봐요, 보긴."

"형님 힘드신 거 같아서 헛걸음 안 시키려고 그랬죠. 어제도 어찌나 끙끙 앓던지. 기운도 없는 양반이 뭘 화내느라 그리 기운을 빼나 몰라."

"따라오지 마세요. 각자 걸읍시다, 이제."

진석이 뒤늦게 비옷을 꺼내 입는 동안 나는 휑한 바람을 일으키며 젖은 길을 처벅처벅 걸어갔다.

"저는 왼쪽 눈이 거의 보이지 않습니다."

그날 저녁 진석은 삼겹살을 구워 맛소금을 솔솔 뿌렸다. 나를 달래보려는 속셈인 듯 한국에서 가져온 마지막 팩 소주 두 개도 꺼냈다. 취기가 얼마쯤 올랐을 때 나는 오른쪽 눈을 가리고 말했다.

"놈들에게 맞아서 두개골도 플라스틱이에요."

"놈들이라니요? 아니 어떤 새끼가 그런 짓을."

"경찰 아니면 군인이었겠죠."

나는 거대한 적 대신 진석을 원망스레 쳐다보았다. 왼쪽 눈앞 풍경이 그리 어둡지는 않았다. 오히려 지나치게 환한 쪽이었다. 서너 가지 색이 몰려다녔다. 초록 재킷도 이런 상태에서 실명이 시작되었을 것이다. 어떤 실루엣은 점점 자랐다. 작은 조각들을 삼켜가며 커진 덩어리는 액체와 기체의 중간쯤 되었다. 부드럽고 유연하게 결합하고 스며들었다. 문득 그게 눈 속의 일인지, 눈 밖의 일인지 헷갈렸다.

3주 만에 중환자실에서 깨어났을 때 간호사가 주사기로 음식을 주입하고 있었다. 살아났으니, 네가 이긴 거라고 아버지는 말했다. 친구들의 이름을 모조리 불어버렸다는 말은 하지 않았다. 제발 살려만 달라며 애원하던 내가 떠오를 때마다 의식이 없었던 3주로 돌아가고 싶었다. 살아난 것이 벌을 받는 것처럼 고통스러웠다. 학교로 돌아갔을 때 친구들은 아무도 보이지 않았다. 밤마다 짐승 소리를 내며 울었다. 아버지는 집을 팔아 나를 미국으로 보냈다. 1년 후 어머니가 돌아가셨지만 나는 한국으로 나갈 수 없었다. 도대체 어디서부터 잘못되었을까. 우연히 그곳에 있었던 죄로 나는 동지도, 가족도, 내 자신도 지키지 못했다.

시종 턱을 괴고 내 이야기를 듣던 진석이 그릇을 치우며 일어났다.

"형님, 죄송합니다, 제가 좀 더 천천히 가겠습니다."

진석이 말했다. 얼굴이 화끈 달아올랐다.

＊

위험하다고 전혀 생각지 않은 곳이었다. 실뱀을 보고 놀라 몸을 피하다가 미처 왼쪽 표지석을 보지 못해 부딪혔고 뒷걸음을 치며 미끄러졌다. 나는 벌렁 드러누워 하늘을 보았다. 하늘이 뜻밖에 참 파랬다. 이제 별이 쏟아지는 들판. 산티아고 데 콤포스텔라까지는 137킬로미터가 남았다고 표지석에 씌여 있었다.

"형님, 움직이지 마세요. 그대로 누워 계세요."

진석이 달려오며 소리쳤다. 무릎이 깨져 피가 등산복 위로 번졌다. 뼈가 부러진 것 같지는 않았는데 바로 설 수가 없었다. 전화기 신호는 잡히지 않았고 지나가는 사람도 없었다. 진석은 배낭을 풀고 약을 꺼냈다.

"도대체 그 배낭에는 없는 게 뭐요?"

스프레이 소독약을 뿌려 상처를 씻고 거즈를 붙이는 진석을 보며 농담했다. 진석의 손길이 능숙했다. 아내를 오래 돌봐서 그런 걸 거라고 짐작했다.

진석이 배낭을 풀어 손에 들고, 내게 자신의 등에 업히라고 재촉했다. 나는 그냥 어깨만 좀 빌려달라고 말했다. 택시를 부르자고 했지만, 택시를 부르기 위해서는 가까운 바까지라도 가야 했다. 팔을 그의 등에 둘렀다. 그는 내 배낭을 메고 내 허리를 붙잡았다. 힘을 덜어주기 위해 그의 어깨를 단단히 잡았다.

그 밤 알베르게에 도착한 시간은 저녁 일곱 시가 넘었다. 예약을 해두긴 했지만 이렇게 늦게 도착하면 침대가 남아 있을지 장담할 수 없었다. 문을 밀고 들어가자, 알베르게 주인 남자는 부엌에서 식사 준비하다가 앞치마에 손을 닦으며 뛰어나왔다. 침대를 배정받았을 때 진석은 아래층 내 침대에 부직포로 된 침대

커버를 씌우고, 2층으로 올라가 자신의 침대를 만들었다. 나는 씻을 생각도 하지 못하고 침대에 누웠다. 무릎은 씀벅거렸지만, 얼마 남지 않은 길이 아쉽다는 생각이 들었다.

　그곳은 숙박하는 순례자가 모두 의무적으로 함께 식사해야 하는 곳이었다. 사람들은 그걸 커뮤니티 디너라고 불렀다. 테이블에 앉은 진석은 사람들과 눈이 마주칠 때마다 짧은 영어에도 넉살 좋게 인사했다. 나와는 달리 몸짓과 표정에 주저함이 없었다. 따뜻한 콩스프와 소금에 절인 대구, 바칼라우 요리가 나왔다. 진석은 사람들의 잔이 빌 때마다 재빨리 와인을 따랐다. 투박한 유리병에 담긴 와인은 이 동네에서 담근 술이라고 했다. 오늘 걸은 길에는 포도밭이 끝도 없이 펼쳐져 있었다. 가끔 수확하지 않은 포도가 와인 냄새를 풍기며 농익어가고 있었다. 포도나무도 단풍이 들었다. 당연한 일이지만, 뜻밖이었다. 노랗거나 오렌지색. 간혹 붉게 물든 포도나무도 있었다. 왜 색이 다른지는 알지 못했다.

　"어디서 왔어요?"

　식사 자리에서 순례객들은 출신국을 먼저 묻고 답했다. 순례길 내내 제일 자주 듣는 질문이었는데 그 질문은 늘 나를 멈칫하게 했다. 어떨 땐 한국에서 왔다고 하고 어떨 땐 미국에서 왔다고도 했지만 그런 대답 뒤에는 늘 거짓말을 한 것처럼 찜찜함이 남았다.

　"호주에서 왔어요."

식탁 반대편 끝에 나란히 앉은 그들은 며칠 전 돌다리 위에서 만난 빨간 재킷과 초록 재킷이었다. 서른 명 남짓의 사람들이 모두 그들을 향해 얼굴을 돌렸다. 궁금하지만 섣불리 질문하지 못하는 표정을 읽었는지 빨간 재킷이 말을 이어갔다.

　"우리는 50년 동안 친구였어요. 어릴 때 함께 바이올린을 배웠지요. 십 대 때는 시립 중고생 오케스트라에서 서로 악장 자리를 놓고 다투기도 했고요. 친구는 호주 최고의 대학에서 바이올린을 전공했고, 그 후 프랑스로 건너가 왕립 오케스트라 연주자가 되었어요. 저는 바르셀로나에서 건축가로 일했어요. 친구도 저도 지난해 시드니로 돌아왔어요. 이 길을 함께 걸으면 이 친구가 제게 바이올린을 가르쳐주겠다는 바람에 따라나섰지요. 바이올린을 그만둔 게 두고두고 후회가 되었거든요."

　"바이올린을 지고 다니시는 건가요? 무겁고 성가실 텐데요."

　폴란드 자신의 집에서 출발해서 2600킬로미터를 걸어왔다는 변호사였다.

　"동키 서비스요! 아, 진짜 동키는 아니라고 하더라고요. 저야 안 보이니까 모르지만요."

　초록 재킷이 대답했다. 사람들은 비로소 긴장을 풀고 웃었다.

　"혹시 한 곡 연주해 주실 수 있을까요? 제가 답례로 순례자의 노래를 불러드리지요."

　여전히 앞치마를 입고 있는 주인 남자가 익살스러운 표정을 지으며 말했다. 누군가 손뼉을 쳤고 나도 따라 쳤다. 식사를 마치고 빨간 재킷이 바이올린 두 개를 들고나왔다. 이건 저희가 고등학교 때 연주하던 그 바이올린이에요. 빨간 재킷은 그게 유일한 바이올린이고 초록 재킷에게는 집값만큼 비싼 바이올린이 있지만 가지고 다니진 않는다고 했다. 둘은 마주 보며 뭔가를 소곤거리더니 활을 당겨 음을 점검했다. 초록 재킷이 단 한 번 활을 당겼을 뿐인데 짙은 파장이 귓가에 맴돌았다.

"가을이니까 가을에 걸맞은 곡을 연주하겠습니다. 비발디의 〈사계〉 중 다른 계절은 자연에 대한 경이를 드러냈다면 '가을'은 세월을 견뎌낸 인간에 대한 찬양이라고 할 수 있어요. 우리 모두 생을 견뎌냈고 이젠 이 길을 견뎌내는 중이잖아요."

초록 재킷의 말에 모두 숨죽였다. 빨간 재킷은 초록 재킷의 움직임을 바라보며 때를 살폈다. 어느 순간 초록 재킷이 첫 음을 뚫고 나갔다. 거침없이 공기를 가르고 나가 목표 지점에 정확히 닿는 화살 같았다. 곧이어 빨간 재킷이 초록 재킷의 음에 올라탔다. 사람들의 시선이 일순 경이로 바뀌었다. 신음이 새어 나올 것 같아 두 손으로 입을 틀어막았다. 중년 남자는 왜 나를 그토록 집요하게 물고 늘어졌을까. 왜 그렇게까지 했을까. 사실을 말하는 게 나아. 중년 남자는 매번 테이프를 앞으로 되감아 녹음 버튼을 누르며 다정하게 말했다. 사람을 미치게 만드는 다정이었다. 그는 원하는 대답이 나올 때까지 정지 버튼을 누르고 테이프를 앞으로 돌렸고 다시 녹음 버튼을 눌렀다. 중년 남자가 한숨을 쉬며 담배에 불을 붙이면 젊은 남자가 의자에 앉은 나를 발로 찼다. 나는 의자와 함께 바닥으로 굴렀다. 발길질은 잔인했다. 나를 끌고 욕실로 들어가 머리채를 물에 담갔다. 가끔 뜨거운 물을 섞어 욕조에 몸을 담그게 했다. 그들도 쉬는 시간이었다. 딸의 입시 곡이 흘러나왔다. 비발디라고 알아? 〈사계〉라고 들어봤어? 딸 이야기를 할 때 중년 남자의 목소리가 살짝 높아졌다. 딸의 연주를 들으며 고개를 까딱거리던 남자는 아직 살아있을까. 살살해. 중년 남자의 말이 떨어지면 젊은 남자는 더 지독해졌다. 내 손으로 죽여버리겠다고 매일 다짐했지만 살아난 내가 했던 일은 최선을 다해 그들을 잊는 것이었다. 그들을 잊어야 나의 고통도 잊힐 터였다. 간절히, 섬세하게, 지독하게 지우면 조금 지워졌다. 아니 망가지면 쉬웠다. 브라보! 세 악장이 모두 끝났다. 사람들이 손뼉을 쳤다. 몇 명은 자리에서 일어나서 손뼉을 쳤다. 정말 멋진 연주입니다. 진석이 내 쪽으로 몸을 살짝 기울이고 말했다.

*

산티아고 데 콤포스텔라에 도착한 다음 날 정오에 향로 미사를 볼 때만 해도 다시 걸을 생각은 없었다. 여덟 명의 신부가 향로를 매단 줄을 잡고 성당을 가로지르며 줄을 풀었다 당겼다 하는 동안 향로가 순례자들의 머리 위에서 커다란 반원을 그리며 연기를 피워 올렸다. 향로가 가까워졌다가 멀어지기를 반복할 동안, 웅장한 오르간 연주가 통곡처럼 절절하게 흘렀다. 양쪽 눈에 눈물이 맺혔다. 보이는 눈에도, 보이지 않는 눈에도, 공평하게 맺혔다. 먼 길을 걸어온 순례자들에게 연기를 쐬였던 건 그들의 몸에 붙은 벌레와 병균을 소독하기 위해서라는 말을 어디선가 들었다. 나는 깊이 숨을 들이마셨다. 뜻밖에 향긋했다. 저도 그걸 원한 건 아니에요, 형님. 단 한 순간도 원하지 않았답니다. 그날 진석이 나를 부축해서 걸으며 했던 말이 '저도'였는지 '그들도'였는지 기억나지 않았다. 나는 자주 그에게 알 수 없는 분노를 느꼈다는 걸 들키고 싶지 않아서 금세 다른 말을 해대기 시작했으니까.

콤포스텔라에서 이틀을 쉬고 사흘째 되는 날 나는 다시 배낭을 멨다. 형님이 가면 저도 갑니다. 밥 해드려야죠. 진석이 따라나섰다. 우리는 나흘을 더 걸었다. 제법 보폭도, 속도도 비슷해졌다. 피스테라에 다가가자 햇살이 따스하게 내리쬐는 날인데도 바람이 거세어 몸을 가누기가 힘들었다. 그 바람을 정면으로 맞으며 언덕을 올랐다. 마침내 땅이 끝나고 푸른 바다가 눈앞에 펼쳐졌다. 깊고 푸른 바다, 대서양이었다.

"형님, 피스테라가 땅의 끝이라는 뜻이라네요. 알고 계셨어요?"

진석이 말했다. 땅의 끝이라는 말이 더 이상 걷지 않아도 된다는 말 같아서 묘하게 안심이 되었다. 우리는 신발을 벗고 바다를 향해 앉아 발을 말렸다.

"

고요한 새벽,
사냥꾼들이 사냥에 나선다.
짐승들은 달아나고,
그 뒤를 쫓는 총성과 소음.

– '가을'. 3악장에서 –

"

강—20251024

권선희

    당신이 오겠다는 연통을 받을 때면 내 혀는 절반쯤 굳어서, 절반쯤 슬퍼져서, 절반쯤 죽고 싶어져서 그리고 절반쯤 살고 싶어져서 그게 자꾸 자라서, 휘몰아쳐서, 당도하지 않은 당신을 돌려보내고 벼린 중지로 성호를 긋는다 꾹꾹 눌러쓴 강의 비늘과 이별을 버무려 치대는 일은 하염없는 통증, 메마른 섹스의 후렴이 계속되는 숲속 모텔이나 용감한 강변의 고요, 오후 세 시를 놓친 꽃의 얼굴로 운명을 수장하는 가을 그리고

씬Scene III – 가을, 추억

여국현

I

여름의 열기 물러나 차분함을 되찾은 강물
흐름에 몸을 맡긴 채 낮은 자세로 다소곳한 물풀들
수면 위 날카로운 빗금을 그으며 지나가는 바람
나뭇잎 끝에는 먼저 도착한 가을이 붉은 미소를 띠고
매미의 노래 여운만 남은 자리에 고요히 내려앉는 물잠자리
햇살 아래 모든 존재 황금빛 성숙의 빛을 입고
낯선 그리움마저 고요히 추억으로 물들어 가는데

가을 숲처럼, 우리
가을 숲처럼, 우리

II

느티나무 잎맥에 차오르던 초록의 힘
팔레트에 풀린 물감처럼 갈색으로 물들어 가고
점점 짧아지는 제 키에 고개를 갸웃거리는 미루나무들
햇살은 빠르고 짧은 보폭으로 서쪽 하늘을 지나고
갈대 사이 나란히 앉아 부푼 날개 다듬는 물새들
보이지 않는 이의 손길*에 이끌린 한 무리의 철새 날아간

남쪽 하늘 쪽으로 고개 모두고 바람의 방향을 가늠할 때

가을 철새처럼, 우리
가을 철새처럼, 우리

III
물빛 짙어진 강물 석양의 긴 그림자를 등에 지고
낮 동안 무르익은 시간 색색의 빛으로 물들어 갈 때
수평선 위로 깊은 사색의 얼굴을 내미는 달
머리 풀고 무아경에 잠겨 춤추는 억새 사이
날개 접은 빛의 정령들이 숨바꼭질하고
별들은 오래전 약속을 기억하듯
하나둘 하늘가 제자리 찾아 빛나는 순간

가을 억새처럼, 우리
가을 억새처럼, 우리

*윌리엄 컬런 브라이언트의 "물새에게(To a Waterfowl)"에서 원용

물속의 산책자

황종권

울컥, 쏟아지는 걸음은 도피라지만 당신의 눈동자에서 머물고 있어요. 작고 둥그런 감옥을 맴돌면 슬픔이 닿지 못하는 곳까지 잠길 것도 같은데요. 왜 수심을 살아낼수록 떠오르는 건 발등이 유난히 붓던 파도인지, 물보라를 일으키는 당신의 얼굴인지, 울음으로 건질 수 없는 사람이 되곤 하지요.

불길할수록 투명해지는 물속을 들여다보는 일
세상 모든 비밀을 익사의 기억으로만 가지고 가는 일

걸음이 죽지 않는 건 발목에 예쁜 천사가 있다는 것, 걸을 때마다 날개를 펼치는 일이라 속눈썹이 길어진지도 모른다는 것

우는 대신 걸음을 선택하는, 비밀들이 있나요?
슬픔이 따라오지 못하도록 발자국을 지우듯이 바삐 걷고 있나요?

그러나 언제나 산책의 끝은 당신의 눈동자, 눈물이 마른 얼굴이 지도를 그려내도 나는 산책으로 얼룩진 가을 숲으로 돌

아가지 않아요. 울음으로 내 젖은 그림자를 구하지도 않아요.
그런데 울컥, 당신의 눈동자에 갇히고 말아요.

　작고 둥그런 감옥,
　나는 눈물 한 방울이 비밀을 여는 열쇠인 줄 알았는데, 아
물어지지 않는 계절에 갇혀 있었지요. 도착하지 않는 슬픔이
란 빗소리를 거느리고도 울컥, 쏟아내지 못하는 산책자의 길
이라고

　젖은 채로,
　젖어도 되는 사람인 양

　제 발을 물속에 말리는 사람을 보고 있었지요

해설 – 최정호

비발디 바이올린 협주곡 〈사계〉 중 '가을'
Vivaldi Violin Concerto 'Autumn' from The Four Seasons Op. 8 No. 3

1악장 Allegro(쾌활하게)

농부들은 수확의 기쁨을
춤과 노래로 축하하고,
바쿠스의 포도주에 취해
즐거움 속에 잠든다.

 매우 귀에 익숙한 악장이다. 밝고 경쾌한 첫 주제가 반복되고 나면 바이올린 솔로와 첼로 솔로가 첫 주제를 변형해서 펼치고 첫 주제가 재현된다. 그 후 바이올린 솔로가 나직이 노래하며 풍요 속에 모두 잠든 모습을 묘사한다. 그러나 1악장 마무리는 첫 주제를 밝게 재현하는 것으로 끝낸다. '가을' 1악장은 5분여 동안 연주된다.

2악장 Adagio molto(매우 느리게)

축제는 끝나고
평화로운 공기 속에서

사람들은 감미롭게 잠에 빠진다.

쳄발로가 분산화음으로 짧게 전주를 하고 나면 현악기군은 아주 여리고 느리게 주제를 펼친다.

모두가 잠든 고요한 세상을 잘 표현했다. 자장가와도 같은 고요한 악장이다. 그러나 어두운 단조이다. 아마도 밝고 경쾌한 1, 3악장과 대비 효과를 내려고 한 것 같다. 2악장은 2분 20여 초 동안 연주된다.

3악장 Allegro(쾌활하게)

고요한 새벽, 사냥꾼들이 사냥에 나선다.

뿔피리, 총, 개를 데리고.

짐승들은 달아나고,

그 귀를 쫓는 총성과 소음.

짐승은 결국 쓰러져 죽는다.

 매우 힘찬 주제가 사냥꾼들의 행신을 묘사한다. 바이올린들이 사냥꾼들이 부는 뿔피리 소리를 묘사하고 바이올린 솔로가 짐승들을 추격하는 모습을 속주로 표현한다. 이어서 현악기들은 피치카토(손가락으로 줄을 튕기는 주법)로 총소리를 묘사하고 트레몰로로 긴장을 고조시킨다. 사냥을 성공한 것을 자축하듯 첫 주제가 다시 나타나고 3악장을 맺는다. 가을 3악장은 4분여 동안 연주된다.

'Winter' from The Four Seasons Op.8 No.4)

QR코드를 스캔하시면
비발디 협주곡을 들을 수있습니다.

"

얼음 같은 눈속에서 추위에 떨며
휘몰아치는 거친 바람을 맞으며
달려보지만 매번 제자리 걸음.

– '겨울', 1악장에서 –

"

겨울에 헤어졌지만

배길남

Ⅰ. 안토니오 비발디 〈사계〉 中 '겨울' 1악장

얼음 같은 눈속에서 추위에 떨며

휘몰아치는 거친 바람을 맞으며

달려보지만 매번 제자리 걸음이고

너무 추워서 이가 덜덜기린다.

나는 무작정 버스에 몸을 실었다. K가 일하는 학원은 외곽의 신도시 지역. 버스가 낯선 거리를 달리며 종점에 가까워질수록 불안은 점점 커져만 갔다. 사실 난 어디서 내려야 할지 몰랐던 것이다. 창밖으로 스치는 풍경은 낯설기 그지없었다. 그 막막함은 서서히 공포로 변환되었다. 하나의 정류장을 지나갈 때마다 그곳이 내려야 했을 곳이 아닐까 하는 후회가 밀려왔다. 식은땀이 등줄기를 타고 흘러내렸다. 조바심은 이미 내 이성을 집어삼키고 마음대로 활개를 치는 중이었다. 바로 그때였다. 차창 밖, 회색빛 보도블록 위를 걸어가는 익숙한 코트 자락이 망막에 꽂혔다. 그 주인은 바로 미친 듯 갈구했던 K였다……!

이별은 예고도 없이, 마치 한겨울의 돌풍처럼 내 삶을 들이받았다. 10년……, 강산이 변한다는 그 세월. 그동안 나와 K는 함께 숨 쉬고, 웃고 울고, 밥을 먹고, 서로의 체온을 나누었다. 그러나 그녀가 내뱉은 '헤어지자'는 말 한마디는 그 10년의 견고한 성벽을 단 1초 만에 모래성으로 만들어버렸다. 그녀의 이별 통보는 단순한 감정의 식어감이 아니었다. 나의 육감은 불길한 사이렌을 울려댔다. 그녀의 시선 끝이 내가 알고 있는 누군가에게 머물고 있다는 의심……. 그 의심은 섭씨 1,000도의 불안이 되어 나를 태워버릴 듯 맹렬하게 타올랐다. 하지만 그것은 함부로 입에 꺼내서는 안 되는 터부였다. 나의 의심과 불안이 그녀의 눈과 귀에 드러나는 순간, 우리의 관계는 돌이킬 수 없는 것이 되고 말았다.

'헤어지자.'

헤어지자고? 감히 네가? 우리가 함께한 게 벌써 10년이야, 10년! 네가 나 없이 살 수 있을 거 같아?

지금 생각하면 한심하기 짝이 없는 나의 오만은 앞으로 있을 나락을 이미 예약하고 있었는지도 모른다. 하지만 당시의 나는 10년 세월의 깊이와 테두리를 믿었다. 자그마치 스무 살부터 서른 살까지의 세월이었다…….

잠시 생각에 잠긴 사이 K와의 거리는 다시 멀어졌다. K의 행동은 확실히 내 생각의 범주에서 벗어나 있었다. 그녀는 누군가 올 것을 염두에 두지 않은, 아니 약속 자체를 모르는 사람처럼 걸어갔다. 심지어 가방을 메고 누군가와 계속 통화하는 중이었다. 나는 휴대폰을 꺼내 두 시간 전의 문자를 확인했다.

'학원으로 오세요.'

K가 보낸 문자가 분명했다. 학원이라 함은 그녀가 출근한 지 한 달쯤 되는 보습학원을 말할 것이다. 그렇다면…… 학원으로 오라고 한 걸 까먹었나? 아닌가? 잠깐 어디를 다녀왔다 학원으로 돌아가는 것인가? 그것도 아니라면 혹시 문자를 잘못 보낸……? 순간 내 가슴 속에서 진한 농도의 불안과 질투가 솟아나기 시작했다.

"아니야, 아니야!"

나는 고개를 세차게 저었다. 두 시간 만에 마음이 바뀌었을 수도 있다. 또 다른 볼일을 보러 가는 것일 수도 있다. 10년의 사랑에 이별을 통보했던 여인의 정신 상태를 고려한다면 충분히 가능한 일일는지도 모른다. 하지만 그것은 무척이나 공포스러운 – 물론 전적으로 나에 한해서긴 하지만 – 일이다. 나는 닷새에 해당하는 시간 동안 K의 침묵을 참았던 상태였다. 그 침묵은 누군가에게는 단순한 침묵일지 몰라도……, 누군가에게는 그 옛날 노예를 다루는데 썼던 철썩철썩 채찍처럼, 아주 그냥, 지독하고 효과적인 고통 전달 수단이 되고 만다. 다시 말하자면 저 닷새간의 침묵으로 인해 내 정신은 이미 갈가리 찢겨나가 매우 피폐한 상태였다.

'읽음'

그녀에게 보낸 문자를 확인한 증거. 그런데도 불구하고 K는 답을 보내지 않았다. 단단히 화가 났음이……, 아니 정말 이별을 결심하고 행동에 옮기고 있음이 분명했다. 하지만 나는 그 이별이 실감 나지 않았다. 조금만 손을 뻗으면 그녀의 돌아선 마음을 쉽게 풀 수 있을 것만 같았다.

아픈가? 사고가 났나? 정말 나를 버리고 그놈을 찾아간단 말인가! 증폭되는 불안은 점점 더 나를 태우기 시작했다. 그리고 그 불안은 이어지는 침묵으로 인해 어느새 확신으로 굳어져 갔다. 결국 문제의 근원은 나였다.

"헤어지자!"

그녀가 이별을 통보했던 날, 참지 못하고 했던 통화. 본능적으로 누군가에게 걸었던 그 전화! 그리고 하나의 사태가 또 다른 사태로 이어졌던 절망적 상황…….

그랬다. 이 모든 사태는 나의 연락 방식이나 발화 내용, 시간 착오, 섣부른 행동 등이 뒤섞인 매우 좋지 않은 화학작용의 결과였다. 아아, 이로써 모든 게 뒤틀렸다. 10년의 안정이 불안정으로 바뀌는 건 삽시간이었다. 수평적 우리의 관계는 이내 갑과 을의 종속 관계로 바뀌고 말았다. 부단히 노력했건만 나의 불안은 현실의 K보다 더 냉혹한, 가상의 K를 탄생시키고 말았다. 가상의 K는 강력했다. 가상의 그녀에게 휘둘리기 시작하니 현실의 K가 무슨 생각을 하는지 무엇을 원하는지 도통 알 수 없게 되었다. 난 바보 멍청이가 되어버렸다. 맙소사, 그 결과는 지옥의 고통이었다. 아무리 바라봐도 변함없는 휴대폰의 화면이 그렇게 야속할 수 없었다. 오직 K의 연락만을 기다리는 시간은 동짓달 기나긴 밤보다 늘어나 한 시간이 열 시간이 되고 열 시간은 열흘의 길이가 되고 말았다. 그 영겁의 시간 동안 나의 가슴은 돌덩이라도 매달아 놓은 듯 무거웠고, 감각은 백배 더 예민해졌다. 조금의 진동이라도 포착되면 내 영혼과 육체는 휴대폰을 향해 전광석화와 같이 달려가는 지경에 이르렀다.

그런 시간을 보내고 드디어 오늘. 침묵의 닷새가 지나고 엿새째가 되는 오늘, 그러니까 학생들의 시험 기간으로 K가 출근하는 일요일 오후, 난 구구절절한 사과와 하소연의 문자를 다시 보냈었다. 그런데 기적 같은 일이 일어났다. 오후 2시경 나의 휴대폰으로 그녀의 답장이 와 있었던 것이다.

'학원으로 오세요.'

문자를 확인한 순간 나의 가슴은 세차게 뛰었다. 그 지긋지긋한 침묵이 끝나고 드디어 나에게 다시 기회가 온 것이다. 하지만 기쁨은 잠시……. 난 다시 고민에 휩싸이기 시작했다. 공교롭게도 K가 근무한 지 한 달이 채 못 된, 보습학원의 이름도 위치도 제대로 모른다는 걸 깨달았기 때문이었다. 나는 내가 얼마나 무심하고 형편없는 연인 – 아니, 이제는 남이 되어버릴지 모르는 – 이었는지를 뼈저리게 깨달아야 했다. 대체 학원 이름이 뭐였지? 무슨 빌딩이라고 했던가? 아무리 새로 간 직장이라 해도 연인이 매일 출근하는 곳의 이름조차 모르다니! 나는 대체 그녀를 사랑하긴 한 것일까……?

"아니야, 정신차려!"

나는 뺨을 몇 차례 두드렸다. 후회 따위로 당장 기회를 날려버릴 순 없었다. 이럴수록 더 냉정해야 해! 나의 머리는 빠르게 회전하기 시작했다. 학원으로 오세요? 그녀는 내게 존대를 하지 않는다. 이건 도대체 뭐지? 이별을 통보했기에 우리 사이의 거리감을 표시한 것일까? 아주 가끔은 그런 식으로 서로 존칭을 썼던 적도 있으니까. 그런데 그게 아니라면 뭘까? 혹시 만약에라도 내 문자와 누군가의 문자가 동시에 가는 바람에 답장을 잘못 보낸 것이라면……? 안돼! 그런 생각 따위 하지 말자. 그럴 리가 없다. 신중한 그녀의 성격으로 보아 절대 그럴 리가 없다. 아니지. 이미 그녀의 마음이 차가워져 있는 걸 잘 알지 않는가? 그게 나 말고 다른 누군가에게 보낸 메시지가 맞다면? 무슨 소리야, 그녀와 함께 보낸 시간만 10년이야! 잠시 토라지고 이번처럼 크게 화가 났어도 결국 K는 나에게 돌아오게 돼 있어. 용기를 가지자. 떨 거 없어. 최대한 조심스럽게 학원의 위치를 묻

자. 그래서 그 동네 근처의 학원을 다 뒤지면 어떻게든 그녀를 만날 수 있으리라.

'응, 나 지금 갈게. 그때 K 너 일요일 근무하면 학원 앞으로 가서 저녁 먹기로 했었잖아? 아, 내 정신 봐. 학원이 ○○동 □□시장 부근이라고 했지? 학원 정식 명칭이 뭐였더라?'

최선을 다한 결과물이었다. 예전의 약속을 떠올리게 하면서 학원의 위치와 이름을 조심스레 물어보는 고도의 수법! ○○동까지는 버스로 40분가량 걸리는 거리였다. 이런 상황에 차를 가지고 갔다가 주차 등의 이유로 기동성이 더욱 떨어질 수도 있다. 난 버스를 선택하기로 했다. 일요일의 거리 풍경이 스쳐 지나갔으나 아무것도 눈에 들어오지 않았다. 오직 내가 보낸 문자메시지만 들여다볼 수밖에 없었다. 버스를 탄 지 10분쯤 지났을까? 문자 밑에 '읽음'이란 글자가 떴다. 탄성과 함께 불안이 다시 커지기 시작했다. 답장이 오지 않았기 때문이었다. 다시 한번 메시지를 보내 확인을 하고 싶었지만 손가락이 움직이지 않았다. 난 애써 혼잣말로 불안을 달랬다.

"아니야. K와 나는 약속을 한 거야! 그렇지, 지금 수업 중이라 답을 못하는 거야."

10년의 연애 동안 우리에겐 수많은 위기가 있었다. 오늘같이 엇갈리는 상황에도 우리는 실낱같은 약속의 힘으로 관계를 이어갈 수 있었다. 예전의 한마디와 예전의 추억들이 우리를 다시 결합하게 한 예는 얼마든지 존재했다. 그래서 난 오늘의 약속을 믿기로 했다.

"그래, 학원에 가서 저녁 먹기로 했었어. 문자도 왔잖아. 이건 약속인 거야……."

이 약속은 꺼져가는 내 생명과 – '생명'이란 단어를 쓸 정도로 간절한! – 인내심의 마지막 등불과도 같았다. 심지어 이 약속은 온라인의 소통이 모조리 중단되어 오직 기억과 육감만으로 지켜내야 하는 것이었다. 마치 야만과 낭만이 판치던 '라떼는 말이야' 시대의 약속과 같이…… 중간의 연락과 확인이 배제되었더라도 꿋꿋이 만남의 장소로 향했던…… 휴대폰 따위에 의지하지 않고 혼자 힘으로 뜨겁게 지켜냈던…… 모든 감각과 타이밍을 자신의 기억과 판단에 맡겼던…… 모든 걸 태우는 불안마저 등에 업고서 지켜냈었던…… 그런, 함께한 10년의 의미와 같은 약! 속!

이제 이야기는 다시 처음으로 돌아간다.

나는 무작정 버스에 몸을 실었다. K가 일하는 학원은 외곽의 신도시 지역. 버스가 낯선 거리를 달리며 종점에 가까워질수록 나의 불안은 점점 커져만 갔다. 사실 난 어디서 내려야 할지 몰랐던 것이다. 창밖으로 스치는 풍경은 낯설기 그지없었다. 그 막막함은 서서히 공포로 변환되었다. 하나의 정류장을 지나갈 때마다 그곳이 내려야 했을 곳이 아닐까 하는 후회가 밀려왔다. 식은땀이 등줄기를 타고 흘러내렸다. 조바심은 이미 내 이성을 집어삼키고 마음대로 활개를 치는 중이었다. 바로 그때였다. 차창

밖, 회색빛 보도블록 위를 걸어가는 익숙한 코트 자락이 망막에 꽂혔다. 그 주인은 바로 미친 듯 갈구했던 K였다……!

10년 동안 내 품에 있었던, 그러나 이제는 신기루처럼 사라지려 하는 그녀가 저기 있었다. 이 순간을 놓치면 영영 끝이라는 위기감이 전신을 감전시켰다. 나는 앞뒤 잴 것 없이 자리에서 벌떡 일어났다.

"기사님, 문 좀 열어주십시오. 내려야 해요, 당장!"

버스는 도로를 달리는 중이었다. 기사가 백미러로 쏘아보며 거칠게 답했다.

"아, 이 양반이 미쳤나! 정류장도 아닌데 어딜 내린다는 거야?"

"제발요! 지금 안 내리면 안 된다고요! 문 좀 열어주세요!"

나는 거의 울부짖으며 문을 두드렸다. 승객들이 술렁거렸고 기사의 육두문자가 뒤통수에 꽂혔지만 상관없었다. 버스는 결국 끼익, 하는 소음과 함께 멈추었다. 나는 열린 문틈으로 굴러떨어지듯 버스에서 뛰쳐나갔다. 숨을 헐떡이며 인도로 뛰어 올라가자 서만치 앞서 걸어가는 K의 뒷모습이 보였다. 온갖 생각이 스쳐 지나갔다. 지금 그녀를 잡아서 뭐라고 해야 하지? 따져 물어야 하나? 무릎이라도 꿇어야 하나? 아니면 그놈 때문이냐며 어깨를 잡고 흔들어야 하나? 하지만 내 다리는 이미 이성보다 빠르게 그녀를 향해 성큼성큼 거리를 좁히고 있었다.

'마지막이다. 정말 마지막 기회야. 이대로 그녀를 보내면 내 10년은 증발해 버리고 만다.'

떨리는 손을 뻗어 그녀의 팔을 낚아챘다.

"K야……!"

그녀가 소스라치게 놀라며 돌아보았다. 나와 눈이 마주친 그 순간, 아아, 나는 보지 말아야 할 것을 보고 말았다. 그녀의 눈동자에 담긴 것은 그리움도 애증도 아니었다. 그것은 마치 골목길에서 치한을 마주친 사람의 눈빛. 명백한 '공포'와 '혐오'였다.

"이거 놔! 제발 부탁이야, 놔줘."

K는 불에 덴 사람처럼 내 손을 뿌리치려 발버둥 쳤다. 하지만 그녀가 저항하면 할수록, 이 손을 놓치면 이별이라는 벼랑 끝 심정에 사로잡혀, 나는 더욱 강하게 그녀의 손목을 움켜쥐었다.

"잠깐만, 지금 어디 가는 거야? 이야기 좀 해. 내가 잘못했어. 어? 우리 10년이잖아. 네가 나한테 어떻게 이래?"

"놔, 제발…… 아프다고! 나 지금 갈 데가 있다니까…….'

실랑이는 점점 격해졌다. 그녀의 코트 깃이 흐트러지고 나의 호흡은 거칠어졌다. 우리는 10년을 사랑했던 연인이 아니라, 마치 포식자와 사냥감이 뒤엉킨 끔찍한 형상이 되어가고 있었다. 그리고 그때, K의 입에서 믿을 수 없는 비명이 터져 나왔다.

"살려주세요, 누가 좀 도와줘요! 저기요, 사람 살려요!"

세상의 시간이 멈춘 듯했다. 멍하니 그녀를 바라보았다. 선명히 보였던 그녀가 희미해졌다. '살려주세요'라니……. K가, 나의 K가 날 뿌리치며 사람들에게 '살려주세요'라니! 지난 10년의 잔상들이 주마등처럼 스쳐 지나갔다. 그러다 하나의 장면이 정지

되며 클로즈업 되었다.

　－ K, 누가 널 괴롭히잖아? 그럼 도와줘요, 뽀빠이! 하는 것처럼 내 이름을 불러. 그럼 바로 달려갈 테니까…….

　눈이 번쩍 뜨였다. 10년간의 그 수많은 이미지 중에 하필 저 '도와줘요'가 지금 찾아온단 말인가? 순간, 내 손아귀에서 거짓말처럼 힘이 빠져나갔다. 나의 영혼과 육체는 그 비명 한마디에 갈가리 찢겨버리고 말았다. 서로 끌어안고 울며 영원을 약속했던 우리가 아니었던가? 아플 때 정성을 다해 간호하고, 힘들 때 서로의 어깨를 내어주던 우리 사이였다. 나의 존재가 이제는 생명을 위협하는 재앙이 되어버렸단 말인가? 그녀가 나를 향해 진저리를 치며 내뱉은 그 구조 요청은, 내 심장을 겨냥한 가장 잔인하고도 완벽한 사형 선고였다.

　"아가씨, 이리로 와요. 저기요. 당신 대체 뭐하는 거야?"

　"경찰 불러! 저 사람 뭐야?"

　행인 몇몇이 험악한 표정으로 달려들어 나를 거칠게 밀어냈다. 나는 종잇장처럼 그들에게 밀려났다. K는 사람들의 부축을 받고 근처 식당으로 인도됐다. 나는 그 구역에서 쫓겨나듯 밀려났다. 저 멀리 식당 정문을 바라보았으나 K는 끝끝내 나오지 않았다. 아마도 뒷문으로 빠져나간 것 같았다. 난 그녀의 뒷모습마저 지키지 못하고 그렇게 그녀를 보내야 했다.

　바람이 매섭게 불어왔다. 그러나 바람을 피할 기운조차 없었다. 처음 와보는 낯선 동네의 차가운 보도블록 위에, 그 비참한 절망의 구덩이에서 난 결국 주저앉고 말았다. 무릎이 깨지는 고통 따위는 느껴지지도 않았다. 맙소사, 이 모든 결과는 지옥의 고통이었다. 10년의 사랑이 떠나간 뒤로는 '살려주세요'라는 비명만이 남아있을 뿐이었다. 나는 이제 어디로 가야 하는가. 잔인한 바람만이 텅 빈 내 곁을 스치고 지나갈 뿐이었다.

Ⅱ. 안토니오 비발디 〈사계〉 中 '겨울' 2악장

밖에는 억수처럼 비가 쏟아지고

사람들은 따뜻한 난롯가에 둘러앉아

즐거웠던 나날들을 떠올린다.

노포의 창이 길가를 바라보고 있었다. 싸락눈으로 날리던 눈발은 어느새 빗발이 되어 추적추적 쏟아지기 시작했다. 가게 문이 열린 지는 제법 되었지만, 대낮이라 그런지 손님은 없었다. 오뎅바의 국물이 적당히 데워졌는지 김이 모락모락 새어 나왔다. 식재료를 손질하던 사장이 문득 고개를 들었다. 그의 짐작대로 문이 벌컥 열렸다. 영하의 기온이 가게 안을 습격하고는 이내 사라졌다. 손님은 세 명이었다. 추운 겨울의 비바람 덕분인지 모두의 코트 깃은 세워진 상태였다. 세 사람은 오뎅바를 두고 창가의 테이블에 자리를 잡았다. 술과 몇 가지 요리를 주문한 그들은 기본 안주도 나오기 전에 술잔을 채우더니 이내 비우고 채우고를 반복했다. 보다 못한 사장이 꼬치 몇 개가 들어간 오뎅 국물을 놓고 갔다. 뜨끈한 국물까지 들이켜자 그들의 얼굴은 곧 테이블 곁의 난로처럼 발갛게 달아올랐다. 처음엔 말하는 이가 혼자였고 두 사람은 주로 듣기만 했다. 하지만 술자리와 이야기가 무르익음과 함께 다른 두 사람도 가끔 고개를 젓거나 한숨을 쉬거나 손가락질을 하는 등 반응을 보이기 시작했다. 주된 화자는 세 명 중 가장 앳되어 보이는 '하나'였다. 그는 앞자리의 '둘'과 '셋'을 형이라 지칭했다. 심리적으로 혼란한 상태였는지 이야기 중 두 번이나 울먹였고, 그때마다 형들이 휴지를 주거나 빈 술잔을 채워주곤 했다. 어떤 이야기인지 알 수 없으나 10년과 연애란 단어가 네 번 나왔고, '헤어지자'가 다섯 번 나온 것으로 보아 사랑과 이별에 관한 주제가 분명했다. 덧붙이자면 불안과 바보 등의 단어가 두세 번 반복되었고, '살려주세요'가 몇 번이나 강한 어조로 튀어나왔다. 대화 중 가장 많이 나온 단어는 K란 이름이었다. 어느덧 하나의 이야기가 끝나가는 모양인지 또 한 번의 울먹임이 이어졌다. 그러자 여태 침묵하던 입들이 열리기 시작했다.

가장 큰 형인 셋이 손가락으로 탁자를 두드리다 확인하듯 물었다.

"그러니까 마지막 문자가 '학원으로 오세요'였제? 그래서 무작정 버스에 탔던 기고?"

"예, 무작정 탈 수밖에 없었어요. 닷새간의 침묵은 정말 지옥이었거든요. 가족들에게까지 소식이 들어가면 안 된다고 생각해서 집으로 찾아갈 수도 없었어요. 정말 두손 두발 다 묶이고 철저히 갇혀버린 느낌? 연락은 오직 휴대폰만 바라볼 수밖에 없었는데…… 거의 1주일 만에 학원으로 오라는 답을 받았으니, 정말 하늘에서 동아줄이 내려온 것만 같았어요. 정말이지…… 흑!"

하나가 눈물을 보이자 여태 말이 없던 둘이 빈정거리듯 툭 내뱉었다.

"마지막 문자에 목숨 걸고 매달린 게 맞기는 한데……. 알고 보니 그게 생명줄이 아니라 교수형 로프였구만."

하나가 고개를 끄덕이고는 "제 귀에는 아직도 '살려주세요'라는 말이 울리는 거 같아요. 정말 나한테 어떻게……."하며 눈물을 닦았다. 그러자 둘이 따지듯이 물었다.

"어떻게 너한테 그럴 수 있냐고? 넌 아직도 모르겠어?"

"예?"

"잘 생각해 봐. 그날 K한테 다가갈 때의 네가 제 정신이었다고 생각해?"

떨떠름한 표정으로 고개 젓는 하나에게 다음 말이 이어졌다.

"그래, 이제 말이 통하네. 그렇다면 그때 그녀에게 비친 네 얼굴이 과연 어땠을 거라고 생각하니?"

하나의 표정이 아예 구겨졌다. 둘은 아랑곳하지 않고 주장을 계속 펼쳤다.

"그때 네 얼굴은 그 닷새간 수십 수백 번 되뇌었던 의심과 질투, 집착의 얼굴이었을 거야. 이미 네 머릿속은 괴물이 돼 있었던 거지. 자, 10년을 사귀든 말든 괴물이 된 너를 보고 그녀는 뭘 느꼈을까?"

셋이 더 이상의 공격을 제지했다.

"그만해라. 니 말도 맞지만 지금 동생한테 필요한 게 분석이 아닌 기다."

"형, 그래도 알건 알아야지. 야, 말은 이렇게 해도 그날 네가 꼭 잘못했단 얘기가 아냐."

"그럼 뭔데요? 그냥 내가 괴물이 됐단 거잖아요. 결국 다 내 탓이란 말 아니에요?"

하나의 어조가 날카로워졌다.

"저, 저 성질머리 봐라. 임마, 그게 아니라고 하잖아."

"형도 10년 사귄 사람한테 그런 소리 들어보라구. 그게 얼마나 아픈지 알기나 해?"

울음 섞인 말끝에 대답이 이어지지 못하고 한숨 소리가 새어 나왔다. 그러더니 곧 둘의 투박한 고백이 이어졌다.

"그래, 새끼야. 나도 안다구, 나도 알아! 나도 너처럼 똑같이 겪어봤으니까……."

말다툼을 말리려던 셋의 손이 아우의 어깨에서 내려갔다. 하나의 쏘아보던 눈빛도 이내 흔들렸다.

"나도 그런 적 있다구. 그냥 보고 싶은데, 보고 싶은 마음이 커지다 보면 손도 발도 내 맘대로 안 움직이고 말도 흐트러져. 내 의도가 아무리 아니라 해도 결국 상대는 놀라거나 당황할 수밖에."

"야야, 저 말이 맞다. K가 널 미워하고 증오해서 그런 기 아닌 기라. 때와 상황이 안 맞았을 뿐이지. 그 사람도 갑자기 나타나서 얼마나 놀랐겠노? 사실 버스 타고 가다가 아는 사람 한 번 보는 것도 어려운 일인데. 그건 자연스러운 반응인 기라. 중요한 거는 그날의 일과 K의 반응으로 니나 K의 본질을 판단하면 안 된다는 거지."

자신뿐만 아니라 K마저 함께 끌어안는 얘기에 하나가 고개를 숙였다.

"내……, 내가 이상해서가 아니란 거죠? K도……, K도 이상해진 게 아니란 거죠?"

술잔으로 눈물이 뚝뚝 떨어졌다.

"봐라, 지금도 니는 자신과 K를 같이 생각한다 아이가? 니한테 '나'는 아직도 두 사람인 기라."

"그래, 10년이 넘는 긴 시간 동안 둘이 있다 갑자기 혼자가 된 것뿐이야. 이별을 통보받고 닷새간 혼자서 견디다가 결국 마지막에 무너진 거지. 누구나 무너질 수 있어. 다만 지금 이 순간이 너무 낯선 거야. 넌 그게 무서운 거고."

셋이 하나의 잔에 술을 따랐다.

"아무리 그래 말해도 이해가 안 가제?"

울고 있던 하나가 고개를 끄덕였다.

"맞다. 지금 당장 누가 뭐라칸다 해봤자 가슴에 난 구멍이 옳게 메워지겠나? 그 구멍 메울라면 또 얼마나 많은 시간이 지나야 되겠노? 그동안 별의별 바람이 다아 새어들 거 아이가? 아이고 참 내⋯⋯."

셋의 넋두리 뒤로 잠시 침묵이 흘렀다. 바람이 세차게 부는지 굵은 빗발이 창을 투둑투둑 건드렸다. 겨울이 극성일수록 따뜻한 난롯가는 더 아늑해지는 법. 극으로 치닫던 감정은 침묵 속에서 조금씩 누그러졌다. 술집 사장이 갓 구워낸 계란말이를 무심히 놓고 갔다. 젓가락이 천천히 엇갈렸다. 고개를 저으며 거부하는 실랑이도 있었지만 모두의 입에 계란말이가 들어갔다. 그러자 짭짤하면서도 폭신한 달콤함이 그들을 위로했다. 그리움이 커졌을 때 어떤 음식은 그 감정을 배가하기도 한다. 아마도 계란말이의 부드럽고 고소함이 무언가를 건드린 모양이었다. 누군가는 눈물을 더했고 누군가는 눈을 감았고 누군가는 한숨을 쉬었다. 세 사람은 겨울비가 내리는 창밖을 바라보며 K와의 추억을 회상했다.

– 손으로 한쪽을 가려봐. 한 번에 다 보기 아깝잖아.
– 야호! 진짜? 그럼 우리도 이제 CC가 되는 거야?
– 하하, 왜 네가 요리한 계란말이는 항상 옆구리가 터지지?
– 사랑해. 저기 오리온 별자리처럼 영원히⋯⋯.

– 세월이 지나 돌아가야 할 고향이 있다면 그건 바로 우리 서로가 아닐까? 사랑해…….

추억은 달콤했지만 뒷맛은 이내 씁쓸한 현실로 퇴색됐다. 당장의 씁쓸함이 가장 크겠지만 10년 후와 20년 후의 씁쓸함은 그 의미와 느낌이 달랐다. 하나는 서둘러, 둘은 천천히, 셋은 차분하게…… 저마다의 술잔을 비웠다. 술을 삼키는 건지 저마다의 이별을 삼키는 건지 알 수 없었다.

"형들 고마워요. 이제 조금은 알 것 같아요. 형들이 무얼 말하는지."

어느덧 눈물을 그친 하나가 옅은 미소를 지으며 말했다.

"그날 K의 놓아달라는 말은 '나 지금 너무 아프다'고 하는 신호였을 거예요. 그런데 그녀를 잡고 있던 나도 같은 신호를 보내고 있었거든요. '나 지금 너무 아프다'고…….'"

"그래, 그건 널 밀어내는 소리가 아니었을지도 몰라. K는 10년의 굴레에서 벗어나서 너를 보려고 한 거고, 넌 그 시간에서 벗어나지 않으려 했으니까. 1주일 전 처음으로 헤어지자는 말을 들었던 날도 마찬가지야. 넌 침묵의 닷새라고 했지만 사실 그날부터 K는 너와의 관계를 다르게 바라보고 있었을 테니까."

"인자 또 세월이 흘러갈 기다. 지금의 관계가 다시 이어지든, 그게 끝나고 새로운 관계가 시작되든…… 그건 세월과 인연이 알아서 해줄 일인 기라. 니만 똑바로 서면 된다. 그날은 니가 잘

144

못한 날이 아니다. 머물러 있던 곳에서 떠나 자신에게 다시 출발한 날인 셈인 기라."

"그래, 그날 못했으면 오늘이라도 보내주는 거야. 어때? K를 보내주는 첫날……."

누군가 사장에게 무언가를 주문했다. 창밖에는 겨울비가 여전히 내리는 중이었다. 차라리 눈이라면 느낌이라도 따뜻할 텐데, 을씨년스러운 빗발은 세 사람의 가슴을 더욱 저미게 했다. 어딘가로 사라졌던 사장이 LP를 들고 나타났다. 칙…… 치직…… 하는 미세한 먼지들의 기척과 함께 비발디가 배경으로 깔리더니 어느덧 노래가 흘러나왔다.

그대 오늘 하루는 어땠나요?
아무렇지도 않았나요?
혹시 후회하고 있진 않나요?
다른 만남을 준비하나요?
사랑이란 아무나 할 수 있는 게 아닌가 봐요.
그대 떠난 오늘 하루가 견딜 수 없이 길어요.

놓여있는 술잔이 다시 비워졌다. 노래가 흐르는 사이 다시 울먹이던 이가 결국 엎드리고는 어깨를 들썩였다. 둘 중 하나가 그 어깨를 토닥였고, 또 다른 하나는 눈가의 물기를 닦아냈다. 빈 잔에 다시 술이 따라졌다. 셋의 잔에 각자의 K가 담기는 중이었다. K는 그렇게 왔다가 또다시 사라질 것이다. 창밖에 내리는 겨울비처럼…….

Ⅲ. 안토니오 비발디 〈사계〉 中 '겨울' 3악장

넘어질까 두려워 살금살금, 조심조심 얼음 위를 걷는다.
힘차게 한번 걸었더니 미끄러져 넘어지고
다시 달려보지만 결국 얼음이 깨져버린다.
굳게 닫힌 문을 향해 바람이 돌진해 오는 소리를 듣는다.
이것이 겨울이고, 또한 겨울이 주는 즐거움 아닌가.

항상 그렇듯 이별은 갑자기 찾아온다. 헤어지고 다시는 볼 수 없는 것이 이별이라고 한다면, 그것을 상정하고 진행하는 이별의 과정은 원 의미의 이별보다 더 고통스러운 것일지도 모른다. 그 고통 속에서 우리는 사랑하는 이를 더욱 느끼고 사랑의 의미를 떠올린다. 하지만 대부분의 사람은 당장의 고통에 함몰되어 그 진실조차 잘 느끼지 못한다. 그래서 이별은 무섭고 아픈 것으로 여겨진다. 그것이 사랑이고 또한 사랑이 주는 즐거움이라는 사실도 모른 채…….

"헤어지자."

"뭐? K야, 너 진짜 미쳤어? 그게 말이 된다고 생각해? 우리 같이 한 세월이 10년이야……!"

"하아, 이제 진짜 지친다. 그래, 10년! 그 10년이 어쨌다고? 너 내가 지난주 아침에 전화했을 때 뭐라고 했어? 잔다며? 힘들고 지친다며? 왜 깨우냐며 화내지 않았어? 그날 아침 내가 얼마나 힘들었는지나 알아? 그냥 목소리라도 듣고 싶어서 전화했던 거야. 그런데 넌 전날 술 마시고는 잠 깨운다며 화를 냈잖아. 내가 기댔던 그 10년을 누가 망쳤는데? 넌 지금 내가 일하는 데가 어딘지나 아니? 나 임용고시가 며칠에 있는지, 임용고시 TO 인원이 몇인지는 알아? 그놈의 10년, 10년! 나 이제 벗어날 거야. 이제 지긋지긋해!"

"너 그게 무슨 소리야. K야, 정신차려. 지금 나하고 통화하는 사람이 K 네가 맞긴 한 거니?"

"나 할 말 다 끝났어. 다시 말할게. 우리 헤어져."

아파트 외부 계단은 어두웠다. 끊긴 전화기를 바라보는 나에게 겨울바람이 세차게 내리쳤다. 떨리는 손으로 전화기를 매만지던 나는 이내 통화 버튼을 누르고 자세를 바로 했다.

"여보세요."

듣기 싫은 목소리였다. 당장 눈앞에 있으면 주먹을 한 방 갈기고 싶은 목소리……. 하지만 나는 감정을 누르고 나지막하게 질문을 던졌다.

"내가 묻고 싶은 게 하나 있어 전화했어. 있잖아…… 그러니까…… 너 혹시 K와 무슨 일 있어?"

"뭐? 그게 무슨 소리야?"

"아니, 내가 미안한데…… 그러니까…….”

"무슨 소리인지 잘 모르겠고……, 그런데 나 너한테 이런 이야기 듣는 거 정말 불쾌하다."

"어? 그, 그래, 내가 이런 전화해서 미안하다. 진짜 미안해……. 끊을게."

'불쾌하다'라는 말을 듣는 순간 화가 나기보다 다행이란 생각이 먼저 들었다. '우리 사이에 아무 일도 없다. 왜 너희 싸움에 날 끌고 들어가냐?'라는 말로밖에 해석되지 않았다. 그건 확률로 봐서도 희박했다. 난 그 사실을 잘 알았다. 심지어 이 통화를 하지 말아야 한다는 것조차 알고 있었다. 난 내가 자신을 속이고 있는 것에 놀라고 말았다. 저 잠시의 '다행'을 느끼기 위해 얼마나 큰 잘못을 저질렀는가를…….

그리고 또 하나!

전화기에서 진동이 울리기 시작했다. 발신인은 K였다. 그 누군가와 통화한 지 1분이 채 지나지 않은 시점이었다.

"야, 너 걔한테 왜 전화한 건데? 미쳤어?"

나는 가슴이 내려앉는 걸 느꼈다. 내 모든 것을 걸었던 실험이 완벽하게 들어맞는다는 사실에 전율했다. 아니, 이렇게나 바로 반응이 온다고? 그것도 이 시간에……?

나는 잠시 처절한 배신감에 떨어야 했다. 밀려오는 질투심과도 싸워야 했다. 하지만 그것도 잠시. 대답조차 하지 못한 통화가 끊긴 것을 깨달았다. 후회감이 밀려왔다. 그게 어떤 통화인데? 그녀를 어떻게라도 달랠 수 있는 찬스인데! 바보, 바보, 바보같은 놈. 왜 그놈한테 연락을 해가지고……?

K는 통화에 더 이상 응답하지 않았다. 문자에도 답이 없었다. 난 점점 초조해졌다. 그럼에도 불구하고 함부로 움직여서도 안 되었다. 이미 내 몸에 가시가 온통 돋쳐 있다는 걸 깨달았기 때문이었다. 하지만 그렇다고 가만히 있을 수도 없었다. 그런 나에게 하늘의 동아줄 같은 메시지가 날아왔다.

'학원으로 오세요…….'

이후에도 1년이 넘도록 이별의 과정은 계속 진행되었었다. 어쩌다 들이닥치는 격정을 참지 못하고 연락을 취할 때가 있었고, 그런 소모의 감정들이 쌓여가면 K의 답이 드문드문 오는 식이었다. 그마저 남아있던 관계도 파괴되어 그녀의 전화번호가 바뀌기도 했고, 신기하게도 그 전화번호마저 내가 알아낼 때도 있었다. K에게서 혐오와 분노의 표현이 날아오는가 하면, 슬픔과 우울의 토로가 이어지기도 했다. 둘이 잠시 만난 적도 있었고, 관계 회복이 될 듯하다 청춘의 고통을 이기지 못해 몸과 마음을 망치기도 했다. 그렇게 시간이 지나며 우리의 이별은 차츰차츰 완성되어갔다. 누군가 이야기했듯 고통은 차츰 누그러지고, 이별은 일상이 되어 빛을 잃어가기 시작했다. 물론 1년과 1년들이 모여 5년, 5년이 두 번 모여 10년, 그리고 또 그렇게 뭉친 세월이 지나서야 가까스로 자신의 흉터를 온전히 바라볼 수 있었지만 말이다.

어느 가을, 무심코 밤하늘을 바라본 적이 있었다. 무엇이 그렇게 시켰는지 나는 오래도록 하늘을 어루만지며 오리온 별자리를 천천히 찾아냈다. 그러자 밝은 별 사이로 숨어있던 작은 별들이 조심스레 고개를 꺼내더니 원래의 자리로 돌아와 빛을 보내기 시작했다. 문득 눈가로 눈물이 가득 차오르더니 어느새 뺨으로 흘러 내려왔다. 난 알 수 없는 눈물에 당황하며 고개를 숙였다. 숨기고 감추고 외면하면서도 결국엔 그리워했던 흔적들이 명료하게 떠오르는 건 말릴 수 없는 노릇이었다. 난 결국 한숨을 쉬고 미소를 지었다. 그리고 돌아온 작은 별들을 환영하듯 고개를 들었다. 난 그제야 아름답기 그지없던 그 빛나는 순간들과 새로 발하기 시작한 빛을 함께 볼 수 있었던 것이다. 그 사랑의 설렘과 기쁨이 떼어낼 수 없는 내 삶의 조각이라는 것을…… 그리고 그 소중함을 그리움으로 소모하기보다는, 당당히 나의 것으로 지켜내야 한다는 것을…….

추운 겨울의 얼음이 쌓여갈수록 봄은 점점 더 다가오는 법이다. 시간은 나의 겨울도 결국 봄을 향해 나가고 있다는 걸 알게 해주었다. 다만 그 봄에 대해 기대하는 것보다 겨울을 지나게 해준 K에게 감사하려 할 뿐이다. 나는 그렇게 우리의 사랑을 간직하려 한다. K의 숨결이 느껴지는 듯해 눈을 감는다. 그리고 들려오는 그녀의 나지막한 속삭임…….

"세월이 지나 돌아가야 할 고향이 있다면, 그건 바로 우리 서로가 아닐까?"

갑자기 하늘이 어두워지고 천둥과 번개가 내리친다.
폭풍우가 지나간 뒤 새들은 다시 아름다운 노래를 부르기 시작한다.

– 안토니오 비발디 〈사계〉 '봄' 1악장의 소네트 中에서

“

따뜻한 난롯가에 둘러앉아
즐거운 날들을 보내고 있다.
밖에는 겨울비가 내리고 있다.

– '겨울', 3악장에서 –

”

강-20251232

권선희

    유원지는 무료히다 매운탕이 끓던 솥은 식고 사흘 건너 강으로 투신하는 눈발만 굵다 저 난감한 폭설을 어디로 전송할 수 있을까? 흰 죽음을 잔뜩 받아든 강은 새해로 드는 문을 찾지 않을 작정이다 십자가와 요양병원만이 길을 내는 새벽 강변에서 이제 나의 몸도 당당하게 추워야겠다, 아파야겠다 꿩꿩 강이 몸을 푸는 봄까지 살아볼 작정인 목에 울컥 당신이 걸린다 아주 먼 데서 몇은 서로를 부둥켜안고 있다고 했다

씬 Scene IV – 겨울, 기도

여국현

I
모든 흐름의 정지 가장 느린 호흡으로 숨을 쉬는 강
수면 위 얇은 얼음 사이에 갇힌 달빛 같은 지난 계절의
추억이 푸른 사금파리 조각처럼 날카롭게 빛나고
가냘픈 희망의 맥박 품고 숨죽여 흐르는 대기
몸을 낮춘 강변의 풀들 푸석한 온기를 나누고
망각의 여행을 인도하는 북풍의 손길이
맨살의 수목 서서히 겨울잠의 꿈으로 몰아갈 때

겨울 강물처럼, 우리
겨울 강물처럼, 우리

II
느티나무 가지 끝마다 완고한 침묵의 자세
공단의 굴뚝 위로 피어올라 거꾸로 선 고드름처럼
선명하게 하늘에 박제된 굵은 연기들
지워지지 않는 지문처럼 얼어붙은 대지의 표면에
견고한 철판으로 새겨진 지난 계절의 잔해들
마른 갈대 사이 무거운 날개 접은 물새들 숨 고를 때

겨울 안개처럼, 우리
겨울 안개처럼, 우리

III
하나둘 꺼져가는 세상의 불빛 위로 내리는 어둠의 폭설
서쪽 지평선 너머 풍경이 사라진 자리 가득한 산 그림자
혼자의 힘으로 풀 수 없는 견고한 비밀을 품은 채 침묵하는
대지
회색빛 밤의 장막 사이로 떨어지는 한 무리의 유성流星
숨 쉬는 모든 존재들의 고요한 결빙의 시간

이별 없는 존재의 유예된 엔딩 크레딧
모든 죽음 없는 생명들 윤회의 전령사

북극성처럼, 우리
북극성처럼, 우리

물을 그리워한 죄

황종권

눈물 속에 잠겨도 좋겠다 싶었는데, 당도한 곳은 겨울의 사막이었지. 사실 눈물은 사랑을 건너는 자에게 오아시스일지도 모르지만, 뼈가 먼저 서걱거리는 건 가시 돋친 일들이 많았다는 것.

비 없이도 바늘을 삼키는 밤이 왔으므로
어둠이 달래지 못할 때마다 빛은 차라리 환한 이별을 들추었으므로

울어서 될 것 없고, 죽어서 살 것 없는 저 구름.
빗소리를 부르지 않아도 핏기가 사라진 당신의 집이기도 했지.

창백한 고백이,
겨울의 가뭄이,
슬픔이 먼지를 터는 강이,

나는 애매하지 않고 애처롭다고. 잔가시 뱉는 빗소리를 듣는 밤을 맞이하고 있었지. 젖지는 않으므로 온전히 오해할 수 있고 오해할 수 있으므로 꿈이 우산 같다는 말을 이해하기도 했지.

부르면 속눈썹이 젖는 이름과,
부를수록 타들어 가는 이름 중

어떤 이름이 장마인 걸까?
가시 돋친 장미를 당신이라고 부르려면

나는 물속의 겨울을 어떤 발자국으로 건너가야 하나?
물갈퀴가 돋아나는 상처를 어떤 꽃잎으로 바꾸어야 하나?

질문이 젖었다 마르는 동안

강도 바다도 당신도 다 사라진 것 같은데, 더 이상 물기 어
린 마음이 필요한 것 같지도 않은데,

얼음으로 맺혀가는 당신이 떠난 집,

나는 겨울의 한가운데서 물을 그리워한 죄로 얼어붙는 병
에 걸렸다

비발디 바이올린 협주곡 〈사계〉 중 '겨울'
Vivaldi Violin Concerto 'Winter' from The Four Seasons Op. 8 No. 4

1악장 Allegro non molto(쾌활하게 지나치지 않게)

얼음 같은 눈속에서 추위에 떨며
휘몰아치는 거친 바람을 맞으며
달려보지만 매번 제자리 걸음이고
너무 추워서 이가 덜덜거린다.

 현악기들이 짧게 마르카토(음을 짧게 끊는 주법)로 불협화음들을 이어가는데 모든 것이 얼어붙고 부서지는 듯한 풍경을 적절히 묘사했다. 바이올린 솔로가 화려하게 주제를 펼치는데 혹독한 겨울의 맹위에 맞서는 듯하다. 통렬히 펼쳐지는 현악기군의 첫 주제는 역경을 딛고 서는 인간의 장엄함을 표현하는 듯하다. '봄', '여름', '가을', '겨울' 총 12개의 악장 중 가장 강렬하고 화려한 멋을 지녔다. 겨울 1악장은 3분여 동안 연주된다.

2악장 Largo(폭넓게)

따뜻한 난롯가에 둘러앉아

즐거운 날들을 보내고 있다.

밖에는 겨울비가 내리고 있다.

전체 12개 악장 중 가장 멜로디가 뛰어나고 서정적이다. 시종일관 바이올린들은 피치카토로 반주하고 바이올린 솔로는 노래하듯이 멜로디를 펼친다.

2악장은 1분 50여 초 동안 연주된다. 이 아름다운 악장의 시작 부분은 가요 〈헤어진 다음날〉에 샘플링되기도 했다.

3악장 Allegro(쾌활하게)

넘어질까 두려워 살금살금, 조심조심 얼음 위를 걷는다.

힘차게 한번 걸었더니 미끄러져 넘어지고

다시 달려 보지만 결국 얼음이 깨져버린다.

굳게 닫힌 문을 향해 바람이 돌진해 오는 소리를 듣는다.

이것이 겨울이고, 또한 겨울이 주는 즐거움 아닌가.

첼로의 나직한 지속음 위에 바이올린 솔로는 얼음길 위를 고단히 걷는 나그네의 모습을 탄식하듯 표현하고 곧이어 두 대의 바이올린과 한 대의 비올라가 화음을 보탠다. 현악기군의 저음부 마르카토로 얼음이 부서지는 듯한 풍경을 묘사하고 강렬한 트레몰로로 겨울바람을 묘사하고 끝을 맺는다. 3악장은 3분여 동안 연주된다.

(추천 영상 검색어: Vivaldi Four Seasons Janine Jansen)

Profile

권선희

1999년 《포항문학》으로 작품 활동을 시작했다. 시집 『구룡포로 간다』 『꽃마차는 울며 간다』 『푸른 바다 걸게 울던 물의 말』과 산문집 『숨과 숨 사이 해녀가 산다』를 발간했다. 제6회 백신애 창작기금, 2024 경기문화재단 창작지원기금을 수혜했으며 제16회 구상문학상 본상을 수상했다.

김도일

2017년 포항소재문학상 대상을 수상하며 작품 활동을 시작했다. 자신이 세상에 쓸모없다 느낄 때 이야기를 지어낸다. 그래서 앞으로도 계속 소설을 쓸 것 같다. 재능과는 관계없다. 소설집 『어룡이 놀던 자리』를 세상에 내놓았고 몇 권의 공동 작품집에 참여했다.

김서령

2003년 《현대문학》 신인상으로 등단했다. 소설집 『작은 토끼야 들어와 편히 쉬어라』 『어디로 갈까요』 『연애의 결말』, 장편소설 『티타티타』 『수정의 인사』, 산문집 『우리에겐 일요일이 필요해』 『에이, 뭘 사랑까지 하고 그래』 『화들짝 지구 불시착』 등을 출간했다. 대산창작기금, 문예진흥기금, 신진예술가진흥기금, 서울문화재단창작기금, 아르코창작기금, 경기문화재단창작기금 등을 받았다.

반수연

2005년 단편소설 「메모리얼 가든」이 조선일보 신춘문예에 당선되며 작품 활동을 시작했다. 시작했으나 쓰지 못한 시간이 10년이 되었을 때 다시 소설을 썼다. 소설집 『통영』 『파트타임 여행자』, 산문집 『나는 바다를 닮아서』외 몇 권의 앤솔로지가 있다. 2014년부터 다섯 번의 재외동포 문학상을 받았다. 2024년 김승옥 문학상 우수상을 수상했다.

배길남

2011년 부산일보 신춘문예로 등단했다. 장편소설 『두모포왜관 수사록』, 소설집 『자살관리사』 『짬뽕 끓이다 갈분 넣으면 사천짜장』, 로컬 에세이 『하하하 부산』 『마마마 부산』을 썼다. 올해 장편소설 『두모포왜관 수사록』의 개정판과 존경해 마지않는 야구선수 최동원의 평전을 쓰는 중이다. 부산민족예술인상, 부산작가상, 요산창작기금, 아르코창작기금 등을 받았다. 2024년 부산문화재단 올해의 포커스온 작가, 2025년 아르코 지역예술도약사업 작가에 선정되었다.

여국현

1990년 《포항문학》, 2018년 계간 『푸른사상』 신인상을 수상하며 작품활동을 시작했다. 시집으로 『새벽에 깨어』 『들리나요』, 한영 번역시집 *Contemporary Korean Lyric Poems* 외 3권을, 『강의실 밖으로 나온 영시』(1,2) 외 다수의 저서와 역서가 있다. 현재 《우리詩》 편집주간, 중앙대, 방송대 강사로 활동 중이다.

최정후

포항시립교향악단 사무장으로 정년퇴직했다. MBC, 극동방송에서 방송활동을 했다. 포항시립도서관, 포스코인재창조원 등 수많은 기관에서 강연 및 음악회 해설을 했다.

황종권

2010년 경상일보 신춘문예 당선 후, 2012년 차세대 예술인력에 선정되어 작품 활동을 시작했다. 시집으로 『당신의 등은 엎드려 울기에 좋았다』 『ㅅ, 일곱번째 감각』, 에세이집으로는 『방울슈퍼 이야기』 『시가 세상에 맞설 때』가 있다. 여수 해양 문학상, 문경새재 문학상을 수상했다.

득수 소설, 비발디로부터

비발디를 읽다

1판 1쇄 2026년 4월 11일

지은이	권선희, 김도일, 김서령, 반수연, 배길남, 여국현, 최정호, 황종권
펴낸이	김 강
편집	최미경
디자인	토탈인쇄 054.246.3056
인쇄·제책	삼영정밀인쇄
펴낸 곳	도서출판 득수
출판등록	2022년 4월 8일 제2022-000005호
주소	경북 포항시 북구 장량로 174번길 6-15 1층
전자우편	2022dsbook@naver.com
ISBN	979-11-997558-4-0

값 17,000원